養心

卷壹 消失的生死玦

陳郁如——著

作者序

【養心】——撫平每一個失落的心

過去這幾年，包括我在內，還有身邊親密的家人、朋友，在心理層面上都遭遇不少坎坷。有的因爲人際關係而困擾，有的因爲感情因素挫折，有的跟父母相處不來，有的跟孩子有隔閡，還有人被尖銳的言語所傷害，或是因惡意的扭曲而痛苦。

嫉妒、吃醋、悲傷、厭惡、不安、恐慌、恐懼、憎恨、膽怯、懊悔、哀愁，種種情緒都可能發生在你、我，或任何一個人身上，我們都很熟悉這些情緒帶來的感受。這一年來，我更是強烈的感受到這些情緒所帶來的波動，這也讓我在創作中有了新的方向，所以開啓了【養心】這個系列。

在這個新的系列中，我把「心理情緒」的元素，放入奇幻小說的架構中。我先創造出冥靈界，那是人死後去的世界。在冥靈界中有一個養心池，人死後的靈心會去到那裡，學著養心，藉由養心有了靈力，日後才有機會回到人世間。

養心的過程中，靈心必須誠實的面對自己的內心，可能是快樂的，可能是傷心的；可能是自信的，可能是自卑的；可能有無法原諒的結，可能有過不去的坎，還有更多無法面對的困難。這些，都會有使者陪伴你一起度過養心的考驗。

第一本《消失的生死玦》，除了新的故事架構外，我延續【修煉】系列中幾個角色，尤其是艾美跟張勉，他們都是經歷過生死的人，很適合帶進新系列，所以我讓他們出現在第一本的故事中，延伸出更多的故事。喜歡【修煉】的讀者一定會喜歡我的安排，沒看過【修煉】的新讀者也不用擔心。前面說過，新系列主要的脈絡在於養心，在於心理情緒的著墨，是之前我沒有做過的嘗試。另外，跨越生死兩界的故事、可以駕馭的靈力、帶著魔幻色彩的信物、養心池的俊男美女使者們，都是新的創作，大家絕對可以馬上進入故事，因全新的設定感覺耳目一新。

距離上一個奇幻系列【仙靈傳奇】已經相隔五年，謝謝大家一直以來的支持，希望你們會喜歡這個新系列，期待跟大家一起養心。

推薦序

再次進入栩栩如生的魔幻場景

文／親子專欄作家陳安儀

心，大概是世間最難了解、最難掌控、最難擺脫、也最難遺忘的東西。在生理上，人們已然了解「心臟」所有的構造，知道它主宰生死，是一個搏動著、負載血液循環的器官；然而「心情」卻看不見、摸不著，即便有許多腦神經學者、心理專家或是心靈導師，仍無法解決許多情緒的困擾、痛苦的靈魂。對於這一塊「心」的領域，我們眞的太過貧乏。

「養心」，顧名思義就是要「休養靈心」。然而我們究竟該如何誠實的面對自己眞正的內心、自己的情緒？郁如在【養心】這一系列的奇幻作品中，讓人死後經由使者接引，來到「冥靈界」的「養心池」，好好的回顧過往、面對眞實的自我，進而認淸自己的情緒，釐淸糾結的情感，最終才能投胎轉世，得到全新的自我。

【養心】中的女主角晨欣，是【修煉】系列女主角「艾美」的鄰居。晨欣的母親因婚姻不睦自殺離世，留下了一塊具有神力的祖傳玉玦給她，但卻因晨欣父親的刻意隱藏而下落不明。晨欣某日與祖母爭執、受到父親責備而衝出家門，意外遭急駛而過的車子撞上。晨欣死後，她的「靈心」被使者接到了養心池，到了那兒她才知道，原來母親的靈心不知爲何被困在邪惡的「滯心澤」。

而在【修煉】中經歷生死的艾美，趁機將意識附著在晨欣身上，想前往養心池與上古最後一任領皇張勉見面，然而她卻不知，可怕的邪惡力量窫窳已經悄悄的進入她的身體……

【養心】與【修煉】雖然有部分的人物重疊，但卻是完全不同的故事。喜歡【修煉】的讀者看到熟悉的人物會有一種親切感，然而未曾讀過【修煉】也完全不影響理解【養心】的劇情。【養心】系列除了延續作者原有的奇幻風格之外，更極具細膩的描述，讓書中的魔幻場景，栩栩如生的出現在眼前。例如：養心池虛無縹緲的景象；使者們施展靈力的精緻冰靈花；三棵神奇虛幻的倒影樹；能引人走入夢境的巨大果實……等等，想像力之豐富，引人入勝，保證讓少年讀者手不釋卷、欲罷不能！

此外，【養心】與【修煉】一樣，好些角色來自中國古典文學《山海經》。讀者們在查閱這些「怪字」怎麼唸的同時，不妨也可以看看他們在古書裡的形象喔！

推薦序

用閱讀一步一步踏響青少年成長的跫音

文／教育部閱讀推手．基隆市銘傳國中閱讀推動教師林季儒

閱讀是孩子無聲的益友，更是青少年諄懇的良師，在成長的道路上能夠擁有一本好書同行是何其幸運的事。好的閱讀素材能夠引導孩子們從已知先備知識中詮釋未知生活經驗，並進一步在文本與文本、文本與自我和文本與人際環境間產生連結，讓年輕的心在字裡行間激盪回響。這些抑揚頓挫的共鳴正是青少年成長的跫音，不但使其在漫長的人生藍圖中有所借鏡、樹立典型，還能夠在疾徐張弛間保有自己穩定前行的生命節奏。陳郁如老師的新作《養心1：消失的生死玦》正是這樣一本能夠有所借鏡、樹立典型，叩響人心的青少年小說。

陳郁如老師的作品一直炙手可熱。在我們學校的圖書館新書甫一到館，孩子們等不及編目上架就排隊搶著先睹爲快，班級書箱《詩魂》、《詞靈》……更是在孩子們的口

耳相傳中不斷巡迴各班輾轉借閱，西方奇幻冒險和東方歷史文化交織出的緊張懸疑故事軸線，讓跟著主人翁穿梭古今詩、詞、畫境的孩子們都大呼過癮、愛不釋手！而這回的【養心】再一次爲孩子們布下全新的閱讀體驗。這一次，作者在她最拿手緊湊跌宕的故事鼓點之中，細膩的織入了徐緩而溫暖堅毅的音符，讓少年讀者在閱讀作品之餘，還能去細細領會其中內涵的意義與線索：勇氣、毅力、責任、自律、正義、誠實、友誼……，這些最核心價值的元素會讓我們聯想起九〇年代初期最成功的品德教育經典：《孩子的美德書》（The Children's Book of Virtues）。

陳郁如老師就是這樣能夠在劇情旋律中，以生命價值做爲完美間奏的說故事高手。國立臺東大學兒童文學所張子樟教授曾在《青少年小說的閱讀與文本》一文中指出：「優秀的作品往往具備『提供樂趣』、『增進了解』與『獲得資訊』三種似乎完全以讀者爲出發點的功能。這三種功能可以單獨存在，但也互相影響[1]。」《養心1：消失的生死玦》正爲這三種功能做了最經典的詮釋。

故事中的主人翁晨欣因爲一場意外而失去生命，也開啟了她進入在過去、現在與生死範疇內自由穿梭的冥靈界序曲。隨著三恕、五悔、傾愁和無思等引心使者和艾美、窠窳的一一出場，環環相扣的情節也隨之展開，爲年輕讀者們建構了一個前所未有的奇幻世界。本書的人物刻劃飽滿鮮明、推理元素讓情節轉折充滿張力，伏筆開展完全出人意表，閱讀的過程中滿是不斷解開眞相的成就、驚奇與樂趣，讓讀者看到最後一個標點符號還欲罷不能！但是就在這樣刺激精采的縱橫起伏中，一直隱微而無從忽視的生死議題、家庭暴力、性別霸凌、和角色們舉棋不定的道德選擇題，都讓讀者不得不停步掩卷、深思那段落間每一個自省的休止符。

「休止符」在閱讀節奏中是延伸，是留白，是一種必要的精采。在本書中休止符是海旭和晨欣一起勇敢直面自己弱點的勇氣，休止符是五悔引導主角從情緒花瓣中領悟轉化負面情緒的智慧，休止符更是九思的仗義後帶出的思維：「意見不同不代表就是敵對的人！」每一個休止符都讓青少年讀者學會積極面對挫折無畏前行，更能學會回觀自己思辨生命的核心價值——生命的美好和良善讓主角們勇敢的捍衛了自己，並且選擇了寬容的原諒與正面應變思考——這不就是我們希望透過閱讀傳達給孩子

1. 出自《臺北市立圖書館館訊》二十八卷四期P16至P30。

思維與能量嗎？此外，書中出現的夜市美食、馬祖的藍眼淚、學生又愛又恨的暑期輔導課……親切鮮活的臺灣氣息又讓人忍不住會心而笑，也是不容錯過的閱讀彩蛋。

閱讀是孩子在成長中最可親可愛的選擇。一本好書，不啻是人生座標中的指南針。將這本書交給孩子吧！您將會聽見，那一步一步清亮悅耳的青少年成長跫音。

推薦序

《養心》，陪伴青少年探索自我

文／臺北市萬興國小圖書館老師曾品方

當我拿到《養心1：消失的生死玦》的時候，內心非常激動，因爲郁如老師的作品就是品質的保證，例如【仙靈傳奇】、【修煉】系列，幾乎都不在學校圖書館的書架上，因爲都在小讀者的手中。小朋友最常問的問題是：請問有人還《陶妖》了嗎？因爲我已經讀完《詩魂》、《詞靈》和《畫仙》了！如果有人還書，可不可以通知我呢？

果然，只要一打開郁如老師的書，就會深深的著迷，迫不及待的想要一直讀下去。期待許久的新作品《養心》，具備了三大特色，分別是奇幻冒險、本土生活、好句連連，很適合家庭閱讀、班級共讀、獨立閱讀。

首先是奇幻冒險的主題，是小讀者最愛的故事類型之一，而在《養心》一書中，作者營造了一幕幕神奇的場景，例如：閃著點點亮光的湛藍養心池、可以喚醒過去記憶的白色倒影樹、隨意飛舞的黃白對生的情緒花、能進入夢境的擒夢果、具備靈力的信物等等，都令人大開眼界嘖嘖稱奇。千變萬化的劇情，不僅能開啓讀者無邊無際的想像力，也能隨著主角直面困境，學習解決問題的方法，更是奠定未來創造力的基石。

第二特色是本土生活，作者把馬祖的藍眼淚、永康街的芒果冰、夜市的小吃、樓梯間的鞋櫃等，這些臺灣日常生活的點點滴滴，巧妙的融入在情節脈絡之中，甚至成爲關鍵的謎題線索！這樣的安排，能讓讀者即使沉浸在奇幻的冒險旅行之中，仍能回應到日常生活的省思，增進對環境的觀察力，對生活的感受力。

第三特色是好句連連，郁如老師筆下的角色對話，不只是情節的推展，更爲我們帶來深刻的思考，例如「意見不同不代表就是敵對的人」、「有情緒是正常的，重要的是，你怎麼處理這些情緒」、「遇到問題，想的是如何用另一個問題來解決，這樣情況只會越來越嚴重，讓你越陷越深，現在你下定決心面對，終於找到眞正的答案」。當我讀到引心使者對主角晨欣說這些話的當下，彷彿也是在對我訴說一般，深深打動我的心思。

整本書透過精妙絕倫的場景、曲折離奇的故事、角色的衝突或互助，引領讀者探討善與惡、生與死、忠誠和背叛、寬恕和報復……這些人生的大哉問，非常適合正在探索自我的青少年。無論是在家庭之中的親子對話，校園裡的同儕共讀討論，或是一個人的安靜閱讀，主角的「養心」歷程，一篇篇精采的故事，一段段發人深省的佳言妙句，皆為讀者帶來滿滿的勇氣迎向未來！

推薦序

啟動與孩子對話的最佳橋梁

文／新北市SUPER教師．新北市中和國中教師孫菊君

這幾年學習薩提爾冰山模式，爬梳自己的慣性觀點和應對姿態，總是回溯到自己童年經驗，與奶奶相處的短暫時刻。大部分人對祖父母的印象都是慈愛及備受呵護，但是對我而言，回憶卻不是那麼溫暖愉快。奶奶對我父母親的一些偏見，在不經意之間脫口而出的傷人言語，讓我敏感的體察她的不悅，對於當時年幼的我造成一定的影響。所幸父母的堅毅與全心給予的愛，形塑我更重要的正向資源，迎向更多人生挑戰與自我實現。一直到不惑之年，才透過冰山模式的理解，放下情緒糾結，在心裡與天上的奶奶和解，這段心路歷程，在閱讀陳郁如老師的新書《養心》之際，對應著主角晨欣的際遇，再度被引動心緒的漣漪，對自己的勇敢給予欣賞。一部好的小說總有這樣的魅力，讓我們在小說人物的身上，投射自己的影子，再次經歷生命歷程的各種豐富向度。

在教學現場，每每遇到深陷風暴而難以平靜的年輕心靈，總不免為之揪心。孩子們的情緒動盪，大多來自家庭慣常的應對姿態，成為他面對人際、課業壓力、情感困擾時無意識的自動駕駛模式。如果不是輔導專業的長期陪伴與協助，課室現場的一般老師很難給予具體幫助，這也是許多老師在與學生應對過程中常常遭遇挫折的原因。情緒教育如此重要，形塑一個得以勇敢面對未來的健康心態，但是我們應該如何與學生連結，激發他們的共鳴與討論呢？

與孩子們貼近的少年小說故事，正是啓動議題討論的絕佳引擎。郁如老師善於經營引人入勝的奇幻世界，新系列【養心】探討生命教育中的離別命題、情緒教育與人我關係。跟著主角少女晨欣進入死後世界的「養心池」，藉由相遇的各種人物與境遇，覺察自己的悔恨、遺憾、怨嘆、憤怒等情緒，而在養心池修煉的主人翁們，同樣也都是十多歲的青少年，他們各自有個別的關注與好惡，但是要做到修養靈心，便必須眞誠轉變自己形成善念。師長與父母正可藉由與孩子們共讀共學，架起一道連結的橋梁。願我們的孩子，可以及早練習覺知、承認、允許到接納情緒，獲得轉化與欣賞自己的力量。

推薦序

動盪的時代，讓我們一起來《養心》

文／彰化縣原斗國小教師林怡辰

陳郁如老師的【仙靈傳奇】系列，一直是高年級孩子的心頭好，而今年推出的【養心】系列，又是另一個美麗的驚嘆號！在郁如老師的文字帶領下，我們跳進一個彷彿眞實存在的幻境，跟著栩栩如生的人物，經歷充滿刺激張力、毫無冷場的情節，最後百轉千折回到起點，在結局揭曉的那一刻，清楚看見郁如老師眞正的用心：養心。

第一集《消失的生死玦》，十四歲少女晨欣因意外失去性命，在來到養心池後，她必須以「靈心」的型態檢視自己的生命課題，包括悔恨、遺憾、欲望、怨恨、失望、委屈、難過、孤單、悲傷、擔心、驚慌、恐懼、挫折、妒忌、生氣、憤怒、愧疚、震驚、沮喪、懷疑、絕望……各種可以說出口的情緒和難以表達的感受，伴隨她的養心過程不斷波動。

人生難免遇到難題阻礙，但當我們感到嫉妒或其他負面情緒時，應該怎麼做才能不被情緒牽著走？郁如老師透過指導晨欣養心的使者，無痕的道出自己的想法：「我們無法改變別人的行為，也不能限制別人的發展，但我們可以轉變自己的態度。」於是當晨欣面對奶奶重男輕女，因此感到不平和失落時，故事裡的奇幻設定讓她有了換位思考的機會，看見奶奶成長的歷程，得以理解奶奶為什麼會這麼對待自己，最後坦誠面對自己嫉妒的情緒，才能真正和解。從一開始的憤怒、傷心，中間的理解，最後選擇放下、原諒、釋懷……各種複雜的情緒轉折，都在書裡跟著主角走一遭。

沒有一種情緒是無用的，重要的是認識隱藏在情緒背後那個深層的自己。當情緒來臨時，很多時候就連成人都未必理解背後的原因，更何況是仍年少懵懂的孩子，但透過《養心》裡的情節設定，以及面臨生死交界的主角們，一切變得清晰了起來。當我們跟著書中人物回顧他們生命點滴的同時，也終於能夠誠實坦率的面對自己的心情。令人會心一笑的是，每個養心池使者的名字，也都有作者的巧思在其中：三恕、無愢、五悔、傾愁、九思……

閱讀好的小說，孩子可以理解複雜的情感和人我關係，最後覺察自己。這幾年，世界各地充滿紛擾，面對劇烈的變化、不確定的衝擊，大人和孩子都處於情緒波動，郁如老師的《養心》來得正是時候，不管外界如何變化，讓我們一起養心，讓心靈回復平靜與安穩，特別推薦給您！

楔子

上古時期，人、動物、植物，還有神獸們生活在一起，人類的智慧文明跟神獸的法力共存。但當時人類與神獸紛爭不斷，最後兩方大戰，人類跟神獸都快要滅亡了，天神不得不出手干預，把他們居住的地方分成兩個世界，一個是「神異界」，擁有法力的神獸和奇花異草們在這裡生活，他們長生不老，但是不能繁衍，死亡之後也無法投胎轉世。另一個世界是「物人界」，也就是人類、動物和植物居住的世界，雖然物人界的生命起初是沒有法力的，但一些動物卻可以藉由修煉的方式獲得法力，變換人形。

物人界的生命死後，他們的靈心會被帶到「冥靈界」，冥靈界裡有個養心池，讓靈心在那裡養心、養靈力，等到靈心準備好了，就可以獲得新生，回到物人界。同時，冥靈界也存在著一股邪惡的力量，一個名爲巫煞的巫師建立了滯心澤，吸收亡魂的黑暗陰鬱力量，試圖奪取冥靈界的控制權。

張勉是上古時期的最後一任領皇，天神為了確保神異界和物人界的平衡，讓張勉在投胎轉世時保有法力和前世的記憶。同時張勉負責掌管一個木盒，這木盒是往來物人界與神異界的密門。張勉在最近一世死亡前，曾把木盒交付給一個混血少女——艾美。艾美十二歲那年，從美國回到臺灣過暑假，認識了當時在外婆家大樓當管理員的張勉，意外發現自己母親的眞實身分是修煉千年的鳥精，同時獲得了法力。一次，在神異界與神獸爭鬥的過程中，艾美為救媽媽而死，後來雖然死而復生，卻也因此觸犯了必須經過養心才能回到物人界的界法。

兩年後，在動物精胡貝的強迫和威脅下，艾美再度幫助胡貝的妻子——一隻紅狐狸復生，之後又得到上古時代的晶心力量，讓她的性情慢慢產生變化。艾美一方面得抵禦體內的黑暗，另一方面，她屢屢挑戰生死禁忌、觸犯界法，也讓養心池的使者們非常不安，準備前往物人界尋找她的下落……

第一章 晨欣・物人界

夏天的中午，熱氣逼得人都要融化了，但是路上的人車卻多了起來，上班族紛紛離開冷氣房，外出覓食；暑假中睡到十一、二點的孩子們出來放風、遊蕩；路旁的商家們拉開鐵門準備營業，大馬路上的車子來回奔馳，車聲、腳步聲、吆喝聲，聲聲鼎沸。

「吱——」尖銳急速的煞車聲劃破其他聲響。

「砰！」低沉又巨大的碰撞聲伴隨而來。

世界剎那間安靜下來，半秒鐘的停頓，然後驚慌的情緒開始漫開。

「哎喲，撞到人了！」

「怎麼開這麼快？」

「好可怕啊！」

「快叫救護車！」

「人都沒動，不知道還有沒有救？」

一個年輕女孩倒在地上，青春的軀體一動也不動。

肇事司機下車查看，驚恐懊惱，他拿起手機叫救護車，人群開始聚集，圍繞著地上的女孩，惋惜、焦急、恐懼的耳語四散。

這時一個身影出現在人群中，修長的身材明顯比一般人高出一個頭，白色輕軟的長袍垂到腳踝，淺灰色的長髮在風中飛揚，露出隱藏在底下一道低調的銀光。如果這些人看得到他，一定會爲他的線條優美的臉型倒吸一口氣，爲他精緻發亮的五官目不轉睛。可惜，這裡沒有人看得到他。

男子長腿曲蹲，身子前傾低下頭，比髮色還要深一點的銀灰色眼眸定在被撞女孩的身上，眼中沒有任何情感。

他伸出手，修長的手指在女孩的胸口上方停住，五指張開，維持幾秒鐘，他感到一股陰幽的氣息納入手中，他知道已經完成了。他緩慢的收指握拳，再度站起身，右手一翻，打開手心，一團幽暗飄忽的光芒在掌心出現，光芒之中有個人形，跟躺在地上的女孩一模一樣。

「晨欣，你看得到我嗎？」他輕聲的呼喚，絲滑的聲音似乎帶著某種力量，傳進幽暗的光芒中，傳進女孩的耳中。

光芒中的女孩走出他的手掌心，落在地上，回復她眞人大小的模樣。她蓄著短髮，身形修長，有雙大眼睛，看看四周，滿臉迷惑。「我怎麼了？發生什麼事？」

「你出車禍了。」他簡短的說，口氣沒有悲傷，沒有遺憾，只是陳述。

晨欣這時看到躺在地上的自己、撞到她的車子、街口的景象，以及圍觀的人群，她想起事情的經過，終於明白了。

「我死了。」她口氣悲痛，「我眞的死了。我才十四歲耶！」

銀灰頭髮男子看著她，沒有說話。

意外身亡的靈心大多會有這樣的反應，不能接受自己的死亡，憤怒、悲傷……他們的靈心帶著許多不甘願。

他耐心的等著，俊逸的臉龐只有安靜的神情，可能是髮色的關係，銀光照映下，彷彿還帶點冷冽。

「所以我真的死了……那你是誰？天使？死神？閻羅王？你會帶我去天堂？還是地獄？」

晨欣看著眼前這個穿著白袍，英俊修長的男子，丟出一連串問題。

三恕有點驚訝晨欣這麼快接受自己意外死亡的事實，不過他沒表示意見，只是簡短回答：「我是收心使者，你也可以叫我三恕。我會帶你去冥靈界。」三恕說。

「桑樹？蠶寶寶吃的那個？」晨欣問。

三恕發現這個女孩問題很多，講話急促，ㄢㄤ不分，難怪也聽不出「三」跟「桑」的分別，「是數字的三，饒恕的恕。」他簡短的說。

「三恕……好奇怪的名字啊，有什麼意義嗎？」晨欣好奇的問。

三恕的頭微微一傾，沒有回答。

「你長得真好看。」晨欣盯著他，直接的說。

三恕的嘴角牽動一下，看不出表情，他回看著晨欣說：「我要帶你去冥靈界了。」

「冥靈界是什麼樣的地方？你說你是收心使者？那是幹麼的？」晨欣問。

「人活著的時候，人的心帶著生命的光芒；人死後，生命的光芒滅了，剩下一抹冥光，由收心使者負責把具有冥光的靈心帶到冥靈界。那裡有個養心池，靈心們要在那養心，重新修復，重新滋養，等到靈心恢復了生命之光，就可以再度回到物人界，再度有生命。」三恕表情嚴肅的說。

晨欣看了一眼熟悉的街道和擁擠的人群，心情很複雜。此時，地上的她，正被救護人員抬起放在擔架上，短髮貼臉，眼睛緊閉。她看著自己被送進救護車裡，消失在眼前。她繼續問：「養心池漂亮嗎？我要在那裡待多久？會不會很無聊？我會不會有朋友？」

「漂不漂亮，看每個人的心境；要待多久，看每個人養心的領悟。剩下的，你去那就會知道！」

三恕說著，忽然臉色一斂，他轉頭看向另一邊，眼神凌厲。

那是艾美嗎？淺棕色的捲髮從眼角閃過，擁擠的人群瞬間淹沒那人的身影。

他不能確定是不是她。

艾美破壞了冥靈界的界法，這件事讓所有的使者憤怒、不安，找到艾美是必要之事，只是現在他有任務在身，要先把晨欣帶回去。

「發生什麼事？」晨欣的觀察力敏銳，就跟她的好奇心一樣強。
「我要先帶你回冥靈界。」三恕沒有解釋。晨欣無奈的嘟著嘴。
三恕不理會她的態度，他手一揚，手上的冥光忽然放大，籠罩晨欣全身。晨欣發現，周遭的景象像是被水過分渲染的水彩畫，線條和外型一一暈開，接著越來越模糊，她依稀聽到有人喊著，「通知她家人了，他們會……」
還來不及聽完那句話，眼前的聲音跟影像便在空中消失。
他們會怎樣？去醫院看她的遺體嗎？會哭著喊著說對不起嗎？
她甩甩短髮，不去想它。
眼前過多水氣暈染的景象變了，所有的液體凝聚成形，先出現一大片水，淺藍、深藍、湛藍、淡藍、青藍、黑藍，各種不同的藍層次不一的呈現在眼前，四周景象也一一具體化。
晨欣忍不住心中讚嘆：這裡好美啊！池水寧靜寬闊，朦朧的水氣繚繞。三恕說起養心池時，她想像的是大樓住家中庭的那種假山水池，但是沒想到池邊聳立著高山，整座池面居然是遠遠看不到對岸的那種大小。

養心池的岸邊種滿各種植物，有高大筆直的樹木，有美麗嬌豔的花朵，有結實纍纍的果子。她好奇的四處張望，正準備去摸一下大紅豔豔，長得像兩片微張嘴脣的花時，眼前突然出現一男一女兩個人。

「他們是接你的引心使者，五悔和傾愁，會引導你在冥靈界養心。」三恕簡短的介紹。

晨欣想不到會有兩名使者來接她，她好奇的看著他們。

兩人和三恕一般高，一樣穿著白色的袍子。叫五悔的男子的比三恕壯，輕軟的布料剛好顯露出他的肌肉，但不是過分發達的那一型，他全身線條孔武有力，配上剛毅立體的五官，讓人很難轉移目光，一頭黑色的長髮在腦後綁成鬆鬆的長辮子。晨欣可以看到髮辮中纏繞著幾綹暗紫色的頭髮，她從沒想到紫色在男生身上也可以這麼有魅力。

「你還沒注意到天空吧？你看看是什麼顏色？」女使者的聲音把她的目光從五悔的頭髮上移開，這個叫傾愁的女生有一雙鳳眼、橢圓臉，淺咖啡的膚色在白袍映照下顯得更亮眼。她的髮色跟身邊男生的髮色相反，留著一頭暗紫色的長髮，從耳鬢處可以看到幾綹黑亮的髮絲。

晨欣在女使者的微笑鼓勵下，再度把眼光從兩人的身上移開，望向天空，這才發現天空不是心中以爲的藍色，而是明亮的橘色。

「是橘色耶！」晨欣驚訝的大喊，接著又歪著頭說，「天空這麼橘，爲什麼身邊東西看起來不是橘色的？」

「在人世間，天空是什麼顏色？」五悔問，他的聲音聽起來很友善。

「藍色。」晨欣很快的回答。

「那人世間的人事物，看起來都是藍色的嗎？」五悔繼續問。

「沒有……你說的也對喔！」晨欣嘟著嘴，點點頭。

「你好像不滿意這個答案？」傾愁撩撥一下頭髮，表情看起來慵懶，但是敏銳的接收晨欣話裡的訊息，鼓勵她繼續往下說。

晨欣想了想，「天空大部分的時候是藍色，但是陰天和下雨時灰灰的，太陽下山時，夕陽火紅，天空可能是橘黃色，然後到晚上變成黑色，這些時候四周看到的東西顏色就會不一樣啊！」

「不錯，沒有馬上接受別人的答案，有自己的想法。」五悔臉上立體的線條帶著溫柔的笑容。

晨欣不好意思的笑了笑，爸媽跟老師老是說她太有主見，奇怪的想法很多，問題也很多。

「那你覺得，是不同的光線讓顏色不一樣，還是顏色眞的變不一樣？」傾愁又問。

晨欣愣了一下，沒想過這個問題，三恕不等她的回答，略微躬身，「你們慢慢聊，我先走一步。」

「三恕使者辛苦了。」兩位引心使者也回禮。

「哪裡。」三恕頓了頓，「還有，我可能找到艾美了。」

「眞的？」兩個人臉色凝重，「在哪？」

「在我找到晨欣的地方，我不確定……」三恕的話沒說完，晨欣打斷了他。

「你們說的艾美，是不是一個混血兒？」晨欣問。

「是的，你認識她？」三恕冷靜的眼神看著她。

「她的外婆跟我爸爸住同一棟大樓。她今年暑假從美國回到臺灣，我跟她見過幾次面。」晨欣說。

「我要去找她，請你告訴我她住哪。」

晨欣看著三恕，眼神帶著惶恐，「她也要死了嗎？你也要去收她的心嗎？」

「事情不是你想的那樣。」三恕搖搖頭，「我要你想著你家的樣子。」

「那是我爸爸家……」

三個使者都注意到她的口氣微微一變，帶著某種抗拒。

「那你想著你爸爸家的樣子。」三恕說。

「你可以看到我的想法？」晨欣瞪大眼問。

「當然不行。你想著要給我的訊息，然後看著我的眼睛，右手掌心握住我的掌心，這樣我就可以知道了。」三恕伸出左手，他的掌心向上，手指微微彎曲，好像準備邀她跳舞的樣子。修長的手指，優美的邀請手勢，真的會讓人想握住它。

晨欣想了想，覺得讓三恕知道沒什麼，於是也伸出手，把右手放在三恕的手中，抬頭看著他的灰眸，腦海裡想著爸爸家的大樓，那是被車撞之前她待過的地方，她生氣的從大樓裡跑出來。

她感到跟三恕手掌接觸的地方傳來非常輕微的溫麻感。

「謝謝你，晨欣。」三恕輕聲的說，晨欣感覺到裡面有一絲的溫柔。

三恕緩緩的把她的手放下，說：「我先離開了。」

「去吧。」兩位引心使者說，同時對晨欣伸出邀請的手勢。

第二章　晨欣．冥靈界

「艾美，她快死了嗎？」晨欣在走向使者時這麼問道。

她沒有左右生死的能力，但是還是忍不住想知道。

「我們邊走邊說。」傾愁邁開步伐往前走，晨欣跟上，五悔走在晨欣的另一邊。

「很久以前，收心使者可以預知生死，在那人的壽命將盡時，就會看到他的生命之光慢慢退去，收心使者會前往物人界，在那人的身邊等待，直到生命的光芒消失、冥光出現，便能收取靈心。但是過去曾經發生收心使者動了惻隱之心，運用法力阻止生命逝去，這違反冥靈界最大的界法，也就是以外力干預，讓人起死回生，當時造成很大的災難，所以之後更改收取靈心的規則。使者不能預知生死，要等到生命之光完全消失、冥光出現時，收心使者才會有感應，去到那人身邊收取靈心，因此我們並沒有預先知道誰將死的能力，也不是想找到誰就可以找到誰。」五悔嚴肅的說。

「眞的啊！我還以爲你們像戲劇裡的天使那樣神通廣大，想見誰就見誰呢！」晨欣說。

「我們的確可以在養心的過程中得到靈力，讓我們有超過一般人的力量。但是靈力也有限制，不是想做什麼就做什麼。」傾愁說。

「原來如此。」晨欣點點頭，「但是如果艾美不是快死了，爲什麼三恕要去找她？」

傾愁說，「剛剛五悔說到，不能用法力起死回生。艾美破壞冥靈界的界法，除了她自己曾死而復生外，還復生一隻紅狐狸，我們必須處理這件事。不過你放心，我們沒有要殺死她。」

「她可以讓自己跟狐狸死而復活？」晨欣驚訝的睜大眼睛，「爲什麼？她有什麼妖法嗎？難怪我覺得她有股神祕感。」

「這說來話長，以後再告訴你。你跟艾美熟嗎？」五悔問。

「暑假的時候，我們家搬到艾美外婆住的大樓，在樓下的水池邊遇到她。我覺得她很漂亮，有股特別的氣質，就主動跟她聊天。她人很好，很友善，我們相處得很融洽，後來常常一起去吃冰，看不出她是擁有可怕法力的人啊。」晨欣說。她對艾美印象很好，兩人也很聊得來。

「我們也不知道原委，所以要去調查，之後再看怎麼處理。」傾愁說，領著晨欣往前走，紫色的長髮隨著走動向兩旁飄散，耳鬢那一綹黑亮的髮絲被風吹得飛揚起來，上下輕巧的跳動。

「我們現在要去哪？」晨欣問。

「帶你去適合你的地方。」傾愁微笑著說。

「引心使者的工作，就是把靈心放入養心池中適當的位置。這池水帶著療癒的力量，讓靈心沉浸在其中，你這一生所經過的事情，不管是美好的、歡樂的、悲苦的、受傷的，都會被這些水慢慢的沉浸、癒合，讓你的生命之光再度出現。」五悔說。

「養心池的水聽起來好神奇喔。」晨欣睜大眼睛說。

傾愁領著她走在前面繞過山石，這段路有點崎嶇，高高低低，很多地方只能一個人通過。晨欣緊緊跟在傾愁後面，在她之後是五悔。

「你看。」傾愁站定腳步。不過晨欣走在使者後面一時沒看到，傾愁太高了，她只看到眼前紫髮飄飄。晨欣往前走兩步來到她身邊，視野開闊起來，眼睛一亮。

眼前的水，不僅是一整片的深藍、淺藍、湛藍，她還可以看到水中的點點光芒，整個水面都布滿亮點，好像滿天星星燦爛絢麗，而且她仔細一看，每個光芒的顏色都有些不同，有的黯淡，有的明亮，有的還帶著不同的色澤，一整片的水帶著亮點，晨欣不禁看呆了。

她想到去年暑假，爸媽帶她跟弟弟去馬祖，其中一天的行程是去看北海坑道的藍眼淚，他們坐在船裡，每個人拿著槳，撥動身邊的海水，海水裡的微生物受到干擾而發光，黑漆漆的隧道裡，水中綻放點點亮光，大家忍不住驚呼連連。在晨欣短暫的人生記憶中，那是勉強跟養心池相近的經驗，不同的是北海坑道太暗了，要撥動水才看得到藍眼淚，而且藍眼淚的光芒很細微，出現後又馬上消逝。現在則是在橘色明亮的天空下，看到蔚藍水中的點點光芒。

這些點點光芒也好像眼淚。

那天在船上，她跟其他的遊客一起尖聲驚呼，欣賞藍眼淚的神奇，在都市長大的她，沒見過這樣的景象。在連連的讚嘆聲中，她聽到低微的啜泣聲，那個悲傷的聲音很熟悉，是來自前面的媽媽。其實那聲音非常幽微，像是穿梭在車陣中的一條細線，不容易被人發現，要不是她那一陣子常常在半夜聽到是不會注意到的。

爸爸跟弟弟就沒有注意到。

晨欣想像著媽媽的眼淚，跟海裡的藍眼淚會合，她的心情終於得到眾人的注目，只是那注目短暫得就像被撥動的藍眼淚，瞬間消失。

後來，媽媽也從他們生活中消失了。

傾愁讓晨欣的思緒安靜的在空氣中流轉，她跟五悔只是站在一旁陪伴，過了一段時間，五悔才開口。

「你看到這裡的每個光芒都是一個靈心，這水的力量來自每一個待在這裡的靈心。當靈心被療癒，它也會釋放正面的力量回到水中，在水裡繼續療癒其他人。」

晨欣看著養心池，想著自己的心情。

「什麼事情讓你這麼後悔？」傾愁輕聲的問。

晨欣心裡一震，轉過頭看著傾愁，這才發現她黑色狹長的眸子中閃著紫光。

「你……你們可以看到我想什麼？」晨欣問。

「我們是負責引領靈心的引心使者，但另一方面，你的心緒也引領著適合你的使者來接你。」傾愁柔聲的說，然後指著五悔，「他被你的心情引了過來，所以我們知道，在你的心裡，有件讓你很後悔的事情。」

她的話直接戳進晨欣內心最不想碰觸的地方，讓她一下子失去防備，眼淚淹滿心頭，滿到從眼眶中漫出來。

「你願不願意告訴我們你的心情？」五悔看著她，立體突出的五官在橘黃天色的映照下，顯得特別溫柔。

晨欣對上他明亮的黑眸。五悔，他的名字中有悔字，是不是也跟她一樣，曾經做過後悔的事？

她感到被人了解，沉默好久後，終於開口。

「我媽媽……是不是在這裡？」

三恕離開他們後，轉身往山上走，繞過大石，走上一條蜿蜒但是還不算陡峭的山路，他來到一座橋，橋墩上的石頭刻著「千墜」兩個字。橋的左邊是從天而降的瀑布，站在橋上可以看到瀑布氣勢雄偉壯闊，水氣磅礴繚繞，長年不散。右邊是深不見底的深淵，幽暗縹緲。他越過橋之後，來到一個拱門前，上面寫著「養心園」。

養心園裡面有許多小屋，每一間都是引心使者跟收心使者的住所，三恕在其中一間小屋停下，門柱上一個木牌刻著「無思閣」三個字，這裡的每一間屋子都是用主人的名字來命名的。

三恕敲敲門。

「進來。」無思清朗的聲音響起。

三恕自行打開門，走進明亮的屋內。無思原本在看書，聽到敲門聲後放下手中的書站起身來。無思身形瘦小，大概只到三恕胸前那麼高，使者的白袍在他身上顯得有點大，削瘦的臉型把一雙大眼睛襯得更圓、更晶亮，一頭鵝黃色的長髮服貼的修飾著頭型，自然的落在略顯單薄的肩上。

他看到是三恕，輕鬆的微微一笑，隱藏在鵝黃色頭髮下的一簇金髮閃了閃。這些使者中，他和三恕相處最自在。

「無愳，我知道艾美在哪了。」

三恕的話讓無愳的臉色一沉。

兩年前，一個人的冥光亮起，收心使者們意外的發現，這個冥光不是出現在物人界，而是在神異界。

神異界出現冥光，代表有物人界的人死在那裡，這已經打破界法了。可是收心使者還是得去收心。

無愳自告奮勇，願意走一趟，他穿過結界去到神異界，耗掉不少靈力，最後發現這個冥光確實來自物人界一個名叫艾美的少女。無愳收取艾美的靈心回養心池，安放在養心池中，沒想到艾美的心還沒修養完全，突然有法力介入，把她的靈心從養心池帶走，讓她復活。

這引起養心池的使者們的不安跟恐慌，擔心艾美有這樣的力量，會濫用法力，干預生死。無愳再度自告奮勇，來到神異界，花了好大精力找到艾美，觀察後發現她死而復活不是自己主動造成的，而是因爲她的媽媽曾經是具有法力的鳥精，是媽媽給她的影木力量讓她死而復生。

無思認為艾美不是邪惡的人，她有法力卻不會濫用，因此私自決定不予追究。這樣的決定讓他回到冥靈界後引起很大的爭議，有使者們反對他的做法，但也有使者們贊成，三恕當時就力挺他，全力幫他一起說服其他使者。

如果艾美不會濫用法力，就讓她保有復活的生命，繼續生活下去。

只是兩年後，養心池的百獸園出現類似的情況。一個在養心池千年的紅狐狸靈心，忽然被外力帶走，使者們非常震驚，大家都在猜是誰搞的鬼，經過調查，發現原來是艾美使用法力，讓紅狐狸死而復活，令使者大為震怒，認為這次一定要有所行動。

「她在哪？」無思問。

三恕走到他身邊，執起他的手，兩人手掌相貼。無思感到三恕掌心傳來的溫麻感，他也運氣迎接，接著腦海中便出現晨欣傳給三恕的影像。

「現在養心池的使者都在找她，尤其是九思，他執法嚴厲，一定不會輕易放過艾美。」三恕說。

「艾美擁有法力，可以保護自己，使者們要找到她不容易，現在知道她的下落，最好趕快行動。」無愳說。

「我猜你會有此意，所以前來告訴你。」三恕點點頭。

無愳微微一笑，三恕懂他。

兩人各自伸手摸向耳後，三恕修長的手指滑過淡銀色的髮簇，一小團銀白光芒從髮上落入手心；無愳細瘦的手指滑過金色的髮絲，一小團金黃光芒落入他的掌心。兩人手上的光團從各自手心向全身散開，三恕被籠罩在銀光中，無愳被籠罩在金光中，兩人周圍的光芒大放，之後又馬上聚縮，他們的身影便在無愳的小屋中消失。

接下來，兩人出現在熱鬧的臺北街頭，之前晨欣出車禍的地方現在已經恢復正常，車子繼續穿梭，行人繼續匆忙，一個生命的消逝令人嘆息，但世界並沒有停止運轉。

三恕辨明方向，朝著山的方向走去，無愳不疾不徐的跟上。一陣微風吹過，兩人長髮順著風的足跡在空中劃出一道道金銀相間的美麗弧線，可惜世人之眼無可看見。

兩人來到一棟大樓前，這就是晨欣爸爸住的地方，也是艾美的外婆家。他們站在大門外，同時朝著一個方向望去，一個棕髮女孩正朝著他們走近。

第三章　艾美・物人界

（幾個星期前）

艾美拿起床頭的一本書，她把書放在左掌上，兩眼專注的看著，呼吸運氣，右手掌心從上面輕輕撫過，眼前的書本變成一個木盒。

這是張伯死前留給她的木盒，這木盒就像一道密門，可以讓人穿越屏障，往來物人界跟神異界。張伯希望艾美替他好好保存，也就是讓她掌管這個通道。

但是艾美感到很焦躁，因爲張伯死前留下的紙條上寫著：「木盒的使用方法，艾美知道。」可是，她眞的完全不知道怎麼使用。張伯絕對沒有教過她，她不了解爲什麼張伯會這樣說。她用法力試了好幾天，都沒有成功。

除了木盒，張伯還留下一條來自上古時期的貝殼項鍊。張伯說這貝殼來自黃戠之山，叫做鎭邪紫貝，有保護、降魔的法力，難道是要配合這個貝殼的力量？

艾美把深紫色的貝殼放在木盒上，再度施法，還是什麼也沒發生。

她覺得非常沮喪，如果她身爲木盒掌管人，卻不知道怎麼使用，又算是什麼主人？

她既然是木盒掌管人，就有責任查清楚，可是現在卻連基本的使用方法都不知道。

艾美懊惱的把木盒用易妝術變回書本，放回架子上，她打算出去走走，散散心。

她來到大樓中庭的水池旁，看著一池的錦鯉在水中悠游。就在這時候，她聽到一個微弱的哭聲。她循著哭聲，來到假山後面，一個少女坐在石椅上，聽到艾美的聲音抬起頭來，滿臉淚水。

「晨欣，你怎麼了？發生什麼事？」艾美驚訝的問。

晨欣是她的新鄰居。艾美第一次自己來臺灣時，認識外婆的動物精鄰居劉家人，還跟劉家人的女兒影木成了好朋友。影木的眞實身分是一隻壁虎精，外型不會變老，所以劉家人每幾年就會搬一次家，鄰居才不會起疑。

劉家人搬到新店後不久，原本的房子就有新鄰居搬進來。艾美也因此認識了晨欣跟她的弟弟明昊。剛開始時，艾美覺得晨欣活潑外向，愛問問題，講話時ㄢㄤ不分，她自己中文不是非常好，有時聽不懂晨欣說什麼。但是相處一段時間後，發現晨欣其實很有自己的想法，又有同情心。她喜歡問別人問題，是因爲不想讓人進入她的世界，所以用這種方式來轉移別人對她的注意力。

「沒事……我跟我爸爸吵架。」晨欣擦擦眼淚，努力讓情緒緩和下來。艾美耐心的陪著她。

晨欣曾告訴過艾美，她媽媽過世後，她和弟弟明昊跟著爸爸搬到這個社區。晨欣雖然沒有細說她媽媽過世的原因，不過她跟爸爸常常意見不合，晨欣也抱怨過幾次，這倒是第一次看她這麼傷心。

「爲什麼吵架啊？」艾美伸手拍拍她的背。

「你怎麼來這裡？要出門嗎？」晨欣問。

艾美聳聳肩，晨欣就是這樣，遇到不想回答的問題就會轉移話題，艾美也不想勉強，「我想去吃冰，要不要一起去？」

晨欣遲疑了一下，「好，去新開的那家。聽說他們的芒果冰比永康街的還好吃。」

來到冰店，兩個人坐在樓上的位置，今天都沒有別的客人，她們吹著涼涼的冷氣，隨意的聊著天，晨欣也顯得輕鬆許多。

「剛剛你出現時，好像有什麼事讓你不開心，怎麼了？」晨欣細心的問。

艾美覺得有點感動，明明是晨欣才是那個哭得稀里嘩啦的人，可是她還是注意到自己的臉色不對。

「沒什麼啦，就是……我有一個盒子，被鎖起來了，可是我怎麼找也找不到鑰匙。」

「能不能用起子把鎖敲開？我有一本寫了五年的日記，鎖在一個箱子裡，有一次我把鑰匙弄丟了，就用螺絲起子把鎖頭轉開，這不難，我可以幫你。」晨欣提供自己的經驗。

「不用啦，這盒子很特別，我再另外想辦法。」艾美說。

「好吧，那你有需要幫忙的話再跟我說。」晨欣說。

兩人雖然認識沒多久，可是艾美對晨欣印象很好，她有自己的想法，卻不會喋喋不休，也不會硬要別人接受自己的意見。算起來，晨欣是她在臺灣認識的第一個不是動物精的「普通」朋友。

「來了！來了！」晨欣看著兩大盤送上來的芒果冰興奮的說。

「在美國吃不到這麼好吃的冰！」艾美忙著對芒果冰照相，「等下傳給我媽媽看，她最想念臺灣的芒果了。」

「你媽媽跟你爸爸認識的時候，不會覺得要去美國住，離開自己的家人，犧牲很大嗎？」晨欣吃了一口芒果，若有所思的問。

艾美微微一笑，「不會啊，他們兩個感情很好，不會覺得是犧牲。」艾美沒說的是，媽媽放棄的還有法力和不死之身，這些對她都不重要了，去美國又算什麼？

「我媽媽就一直覺得嫁給我爸爸，犧牲很多，很不快樂。」晨欣若有所思的說。

艾美不知道該說什麼，靜靜的看著她。

「她跟爸爸結婚後，放棄去國外深造的機會，後來生下我們，連工作也放棄了。她很愛我們，全力照顧家庭，她一直想當一個服裝設計師，幫我們做了好多漂亮衣服，我知道她內心深處最想做的還是設計漂亮的衣服，讓全世界都看到。」晨欣頓了頓，「可是爸爸不喜歡她做衣服。」

「爲什麼不喜歡？」艾美不解的問。

「他覺得幫人做衣服是低下的工作，賺不了錢，對家庭沒有貢獻。」晨欣低聲的說。

「怎麼這樣說話啊！」艾美忍不住抱不平，「我看叔叔平時很有禮貌啊！」

在外人的眼裡，晨欣的爸爸高大穩重，事業有成，待人和善親切，認識他的人都很佩服他，殊不知他一旦生起氣來，完全沒有控制，說話尖酸刻薄。

晨欣想到有一天晚上，她正在房間看書，看課外書算是她最大的樂趣。當她看到精采處，突然聽到爸爸生氣的咒罵聲，嚇得她躲在房間不敢出去。

「你天天在家裡，淨做這些沒用的事，只會苦著一張臉。」

「不知道當初我幹麼娶你，只會在家裡囤一堆垃圾！」

「我都不敢帶同事回家，你只會讓我覺得丟臉！」

「這是什麼？躲在房間，也不出去賺錢，家裡亂七八糟，就做這種東西？」

爸爸之後又罵了好長一串，一片安靜之後傳來一陣碰撞聲，還有媽媽痛苦的哭叫，然後爸爸從房間出來，大步走過客廳，摔了門，離家而去。

晨欣跟明昊同時跑去爸媽的房間，只見裡面一團亂，媽媽抱著一堆布蹲在角落哭。

「媽媽！媽媽！你怎麼了？」明昊衝進去，抱著媽媽。

晨欣眼尖，看到媽媽手上抱著的是這幾個星期她花好多精神，辛苦縫製的一件禮服。媽媽在網路上看到一個國外的服裝設計公司舉辦晚禮服設計比賽，興致勃勃的準備參加，最高獎金有美金一萬元呢！媽媽每天晚上煮完飯就鑽進房裡，坐在縫衣機前構思、縫製。深藍色緞面長禮服，綴上閃亮的水鑽，精心設計的斜肩領口，可以優雅的秀出單邊肩膀，還有一隻布做的立體鳳凰高雅的棲在肩頭上。晨欣看著這件禮服慢慢成形，幻想著有一天自己可以穿上。

可是現在在媽媽手裡的，是一條條一片片破碎的藍布，像是瀑布一樣從媽媽的手裡傾瀉而下，閃亮的水鑽像眼淚一樣，細細碎碎灑了滿地，鳳凰的頸子被剪了一刀，沒有全斷，鳳頭歪倒在媽媽的手上。

媽媽看兒女走進來，挺起腰，深吸一口氣，「沒事，禮服被剪壞了。算了，反正也不會得獎，一塊破布罷了。」她拿出一個垃圾袋，用力的把被剪壞的禮服塞進去。晨欣看到媽媽每使勁往裡塞一次，就有更多的碎布掉出來，就像她流個不停的眼淚那樣。

「你們快去睡吧，很晚了！明天要上課。我等等就把晾乾的衣服收進來，你們的襪子丟去洗的時候要拉平，不要皺成一團，這樣很難乾！」媽媽努力裝出平靜的神色，恢復嘮叨的樣子。

「好啦！」晨欣不知道怎麼安慰媽媽，聳聳肩，回房間看書。

那天晚上，爸爸沒有回家，她聽到媽媽房間裡傳來壓抑的啜泣聲。

在那之後，媽媽的情緒越來越低落，爸爸的怒罵越來越高亢，回家的時間也越來越晚。

「我爸爸常常對我媽媽講很難聽，很貶低人的話，」晨欣垂著頭，「我媽媽後來眞的受不了，所以才死了。」

「什麼意思？」艾美不太了解。

「她自殺。」晨欣口氣低沉，眼角泛著淚光。

「啊……」艾美沒想到晨欣的媽媽是自殺身亡，她還以爲是生了重病之類的。她無法想像晨欣要怎麼去面對這樣殘酷的事。

「對不起，我不知道……」艾美難過的說，「你……不要太傷心了。你媽媽應該也不會希望看到你這麼傷心。」

她去握晨欣的手，晨欣的手一片冰涼，不知道是吃冰的關係，還是被情緒影響。

「是嗎？她都已經死了，還會有什麼希望嗎？」晨欣的語帶著怨氣，她對於媽媽的死感到矛盾，失去母親的悲傷令她難以承受，但是心底又帶著怨氣，怨媽媽就這樣放手，氣媽媽就這樣離開。

這樣複雜的情緒，來回糾纏著她。

「不知道，媽媽現在在哪裡？天堂嗎？天堂長什麼樣子？」晨欣自言自語的說，「她會不會喝下孟婆湯，把我也忘了？」

「什麼是孟婆湯？」艾美好奇的問。

「你不知道啊？」晨欣歪著頭看著艾美，「媽媽跟我說過，人死後要到陰間時，會經過一座奈何橋，橋上會有一個老婦人端著一碗湯要你喝下去，這個婦人就是孟婆。這碗湯喝下去後，就會忘了這一世的記憶，忘了這一世的恩怨情仇，然後重新投胎轉世，開始新的人生。

「所以人死後，就不會記得上輩子的事。」晨欣補充的說。

晨欣的話讓艾美心裡一震。不管晨欣說的民間傳說是不是眞的，就她所知至少有兩個人，死後回到人世卻還有記憶。一個是她自己，一個是張伯。

一個月前，張伯去世了，他在死前把木盒交給艾美保管，遺書上寫著艾美知道怎麼使用木盒，可是艾美怎麼試都無法成功。

世上只有張伯知道怎麼使用木盒，以及怎麼開啓通往神異界的密門，如今張伯死了。不過張伯不是一般人，他的記憶不會跟著生命消逝，如果他再度投胎轉世，就能告訴艾美怎麼開啓密門。

但是艾美不想等那麼久！

艾美的思潮洶湧，如果她不想等那麼久，還可以怎樣做？

兩年前的一段細微記憶浮起，她努力施法，讓這段記憶回來……

第四章　艾美・物人界

兩年前，艾美爲了救媽媽曾穿越到神異界，在一次打鬥中，朱獳的毒液讓她的身體處於死亡狀態，無法動彈，可是她的意識還在，雖然她的眼睛看不到東西，卻可以聽到四周的聲音。

然後，奇怪的事情發生了，她感覺到自己的意識一分爲二，一個在地上的身軀裡，繼續聽到身旁的動靜；另一個站在旁邊，俯視著自己的身體。

這是怎麼回事？我眞的死了嗎？

一個男子出現在她身邊。

「艾美，你看得見我嗎？」男子輕聲問她。艾美轉過頭看他，點點頭。

「我叫無思，是收心使者，專門來到人世間收取亡靈的心。你現在已經死了，我將帶你前往冥靈界，之後由引心使者帶著你修心，養心。」無愳說。

原來她眞的死了。艾美沒想到，她跟允祁去神異界救媽媽，還沒救到媽媽自己就死了。她一陣茫然，看著眼前有著一頭鵝黃色長髮的男子，他身形纖細，細瘦的臉龐有個尖尖的下巴，一雙清澈的眼睛正看著她，帶著理解的溫暖。她心想，如果求這個人，他會不會讓她活過來？

「你知道的，人死不能復生。」無愳似乎知道她的想法，他的聲音細緻，跟長相很相配。

「可是，我需要救媽媽，她被人抓走。你讓我回去吧！」艾美焦急的說。

「對不起，艾美，你知道發生什麼事，」無愳的話帶著哀傷，卻又堅定，「每個在人世間的生命結束後，都要到冥靈界修習，這是界法，沒有人可以例外。」

「可是，我沒有眞的死去，我還有意識在我的身體上。」艾美著急的說。

無愳看著她，皺起眉頭，「你既然看得到我，跟我對話，就代表你死了，你的身體已經沒有意識了。」

「我說的是眞的，我覺得……有兩個我，我分成兩個部分，一部分在身體，一部分在這裡……」艾美覺得自己語無倫次，不知道怎麼解釋這個狀態。

無愢沒有聽過其他靈心有這樣的感覺，也沒有其他收心使者說過這樣的事，他看看四周，這裡是神異界，不是物人界，可能有些事不能用他知道的常理理解。不過不管怎樣，艾美就是死了，他要帶艾美去冥靈界。

無愢撥一下長髮，露出鵝黃色頭髮下的一綹金髮，「走吧！」

無愢對著她伸出手，艾美看到他的掌心有一抹黯淡的冥光，這抹光芒開始變大，整個籠罩在她身上，她想施法對抗，可是什麼也沒有。她最後看到狼精對山豹發動攻擊，艾美想阻止，卻什麼也無法做，身邊的景色漸漸模糊、消失，然後她發現自己在一個蔚藍大湖的岸邊，天空是一片明亮的橘。

「我們在冥靈界了。這是養心池。」無愢指著湛藍的大湖，「你的引心使者來了。」

艾美轉頭看，一個長髮女子不知何時出現，乍看之下她好像有著一般東方人的黑頭髮，但是隨著她的走動，光線在髮上反射，艾美才發現，她的頭髮是藏青色的，而在飄揚的髮絲下，隱藏著一綹淡青色的髮絲。

「這是少憾，這是艾美。」無愢幫兩人介紹。

「你好，艾美。」少憾也穿著一身白袍，她不高，也不胖，但是看起來壯壯的，渾身帶著活力。她眼帶微笑，聲音也很爽朗高亢。

艾美對她點點頭。

「艾美，我的任務就是帶你到這裡，接下來會由少憾帶著你養心，我先走了。」無思對著兩人揮揮手，轉身離開。

「無思說的沒錯，接下來，你將會在這裡養心、修心。我會幫你。等你的靈心準備好之後會有靈力，養出足夠的靈力便能聚成血肉，生命之光就會再現，可以再有生命。」少憾開朗的說。

「那需要多久時間？」艾美急著問。

「每個人養心的時間不同。有人很早領悟，靈心澄澈，很快生命之光就再現；有人執念比較重，心結比較多，生命之光就要比較久才會再亮起來。」少憾解釋。

「我不能等那麼久，我要回去神異界，而且……我沒有死，我還有意識。我是說，我在神異界的身體上還有意識，可以聽到外面的聲音，我知道他們要埋葬我的軀體。」

艾美花好多時間和少憾解釋。

少憾露出跟無悶一樣迷惑的表情，她也沒聽過這樣的情況。

「抱歉，或許在神異界的情況跟物人界不同，或許你留在軀體上的意識之後會慢慢消失，但總之，你會來到這裡，代表你失去生命了，你得接受這樣的事實。」少憾直接不拐彎的說。

「那，你能不能幫我早點恢復生命？」艾美懇求她。

「這不是我能控制的，要看個人的特質。不過引心使者的工作就是要幫助每個靈心，引導靈心，讓靈心的冥光得到修養。」少憾看著艾美，「跟我來。」

艾美跟著少憾沿著養心池邊走，她看到不同層次色調的池水，忍不住心裡讚嘆它的美麗。她們再往前走了一小段，艾美看到池邊有一片沙地，在橘色的天空照映下，沙子白得亮眼。

她走在沙地上，感覺沙子好鬆軟，就像絲綢一般，跟視覺上看到的沙粒感完全不同，這是因爲她已經死了的關係嗎？

「你的知覺跟生前會有分別。畢竟這是個跟物人界不一樣的世界。」少憾馬上回答她心裡的疑問。

艾美了解，她還去過神異界，那也是不一樣的世界，有神獸的世界。她應該是要去那裡救媽媽的，可是自己卻……

想到自己困在這裡，她心裡一陣酸楚。

「你看到了嗎？」少憾輕快的聲音傳來，艾美把心緒拉回來，這才注意到養心池的池水深藍，水中點點細微的亮光，好像她在沙漠露營時，在無光害的天空中看見的滿天星星。只是現在這些亮光是在池水裡。

「這些光點是什麼？」艾美問。

「這些都是死後的人的靈心，他們在養心池裡修養，由池水保護、滋養所有的靈心。」少憾解釋。

「所以，我也要去池裡嗎？」艾美才說完，發現四周一片湛藍，她已經置身在水中。水光瀲瀲，遠處可以看到其他靈心發出黯淡的冥光，很神奇的，她在水裡居然感到非常舒適，可以自由呼吸，沒有被水嗆到。不對，她已經死了，當然不會有快要溺死的感覺。

「艾美，你年紀輕輕就來到這裡，心裡有覺得遺憾的事嗎？」少憾出現在眼前。她藏青色的頭髮在水中漂浮，彷彿跟水融爲一體。

「我想救我媽媽，可是我卻死了……」艾美感覺到傷心的情緒像身邊的水，緊緊包圍著她。

「你媽媽發生什麼事？你爲什麼要去救她？」少憾歪著頭問。

「我媽媽本來是一隻相思鳥……」艾美把幾千年的故事慢慢道來。

「媽媽爲了我放棄了這麼多，可是我還沒救出媽媽就死了。」漫長的故事講完，艾美覺得心好累，好難受。

「啊，原來是這樣，想不到這中間這麼曲折。你覺得對不起媽媽，讓媽媽失望了，也讓大家失望了。」少憾的話戳進艾美的心裡，她又感到一股溫和的力量隨著水流來到她的身邊，輕輕觸著她。

少憾的話彷彿有種力量，安撫了艾美心裡的急躁，但她還是覺得好難過，心裡滿滿的遺憾。除了媽媽，她也想到不能再見到還在神異界的允祁，在物人界的爸爸、外婆、劉家人、舅舅一家人等等，這些都是很深的遺憾。她一點都不想待在這裡，可是她沒有選擇，她已經死了。

她還想說什麼，卻看到少憾一臉驚訝。

「艾美！」少憾驚呼，瞪大眼睛。

艾美不明白怎麼回事，但是忽然發現自己全身開始發光，而身軀那部分的意識越來越清晰，甚至可以感覺到有水氣滴落在她的皮膚上。

有股力量從身軀傳來，像是無數的細絲纏繞著艾美。少憾急速衝向她，伸手想捉住她，但就在她手指快要碰到艾美時，艾美感覺到周圍的景象快速消失，她在一個虛無的空間中墜落，這個空間既不黑暗，也不光明，她無法描述，只是急於想要抓住什麼，卻什麼也抓不著，然後她感到完整的意識回到身軀，胸口一陣麻癢，活了過來。

「艾美，你在想什麼？」晨欣的聲音讓她回神。艾美差點忘記這一段微弱、像做夢一般的記憶，她從沒跟任何人講過，當然也不會跟晨欣說。

「喔，我只是在想你說的，人死後就不會有記憶這件事。」艾美說。

「嗯，如果媽媽能忘記這一生，應該是好的吧！」晨欣的口氣帶著複雜的情緒。

艾美不知道該怎麼說。會自殺的人，對生活一定感到不滿、失望，充滿負面的想法吧？能夠忘記好像也不錯。

不過，張伯是不會忘記的。他現在一定在她兩年前去過的養心池裡，等著靈心恢復生命之光。

如果她可以去一趟養心池，是不是就可以找到張伯？這可能嗎？這個想法讓她心跳加速。她有媽媽賦予動物精的法力，更曾讓自己和一隻紅狐狸死而復生。紅狐狸的話再度在她腦海響起：「有強大的法力可以贏過別人，致人於死，這都沒什麼，但是如果可以超越生死的界線，那是多麼了不起的事啊！千萬年來從未有人擁有掌握生死的力量，大家都說生死有命，你若能突破命數，將可以挽救多少人，多少動物？有多少生命將在你手裡更有意義？你難道不想試試看嗎？」

這段話讓艾美想嘗試一下，既然她有這些特殊的力量，那是不是可能在非死亡的狀態下去一趟養心池，然後再平安的回來物人界？

影木苗！那個讓她死而復生的力量，如果她能帶在身邊多好。可惜，她兩年前把它放在神異界，沒有帶回物人界，偏偏現在她不知道打開木盒的方法，去不了神異界。

艾美低頭嘆了一口氣。

晨欣也嘆了一口氣，她想到她的媽媽，「我好想見我媽媽一面，我有好多話想跟她說啊！」

晨欣的話讓艾美抬起頭來。

她現在沒有影木苗，不能死而復生，就算能到養心池，也沒有法力可以回來。但是，如果是晨欣死了的話。

她爲自己的想法感到害怕，全身顫了一下，可是卻又忍不住繼續想下去。

如果晨欣死了的話，就可以見到她的媽媽，完成心願。而自己也有法力可以讓晨欣死而復生，就像那隻紅狐狸一樣。最重要的是，只要她可以像先前死去時那樣，分離出另一個意識，這個意識就可以利用法力隱藏在晨欣的靈心裡，一起去到養心池，那個意識就可以去找張伯了。

艾美因爲這個想法，一顆心怦怦的跳。

這會是很大膽的嘗試，這不算謀殺，因爲她並不希望晨欣死，而是要幫她完成見媽媽的心願，之後還會讓她復生。她知道這個想法不對，她不能左右別人的生死，當初讓紅狐狸復活引起一番混亂，可是心裡另一個聲音又告訴她，她在幫晨欣，她的動機是對的。

只要她的動機是對的，就可以理直氣壯的去做。

艾美這樣想著。

「叮叮」，手機的通知響起。

「艾美，我要回家了，」晨欣看著訊息，眼神帶著無奈，「我爸爸要我回家煮飯。」

「好吧，我去付錢。」艾美點點頭。兩人帶著滿腹的心緒，一起走回社區。

第五章　晨欣・冥靈界

晨欣感受到身邊藍色的池水包圍著她，帶著溼潤溫和的力量。她在這片水域中，不上升，不下墜，在水波輕晃中，靜靜的存在。

「你現在在養心池裡了。」傾愁說。她暗紫色的頭髮在水裡隨意的飄散。

晨欣低頭看到自己的手腳和身體，「我以爲我來到養心池中，就會化成我看到的光點。原來我還有形體啊。」

「在養心池的靈心看起來跟在物人界一樣，但是兩者是不一樣的物質。在這裡你也會有情緒，有感覺，會哭，會笑，但是這些都是來自你的心，而不是你的肉體。」五悔解釋，他立在傾愁身邊，黑色的長辮子在隨著水波晃動，像一條靈動的蛇。

「我媽媽也在這裡嗎？」

「你媽媽過世了？」五悔問。

「是的。」晨欣輕聲的說。

「她叫什麼名字？」傾愁問。

「朱彩鳳。我可以見她嗎？」

「讓我看一下。」五悔執起她的手，像先前三恕那樣，用他的掌心跟她相觸，他看到朱彩鳳的樣子。

五悔微微皺眉。

「怎麼了？」晨欣有不祥的預感。

五悔沉思一下，緩緩的說，「並不是所有人死後，靈心都會順利來到養心池，我們會派收心使者去物人界收心。但是，有些人的靈心充滿負面能量，這會招來巫煞的覬覦。巫煞趁收心使者到達之前會奪取這些靈心，然後把靈心帶到滯心澤去。很不幸的，你的媽媽是自殺而亡，自殺的靈心充滿痛苦、悲傷、怨恨，這很容易引來巫煞。巫煞把當時的收心使者打傷後，把你媽媽的靈心帶去滯心澤了。」

「三恕被打敗了？去了滯心澤會怎樣？你們為什麼不去找她？她還能不能再有生命

之光？」晨欣丟出一串問題，她覺得好震驚。

「去接她的收心使著不是三怨，是另外一位。」傾愁解釋，「滯心澤是一個黑暗的大沼澤，裡面充滿泥濘、惡臭。巫煞把搶奪來的靈心放入沼澤中，讓痛苦、憤怒、悲傷的靈心釋放陰鬱之氣，裡面的泥團吸取足夠的力量後，就會變成一個個的泥怪。泥怪效忠於巫煞，供給他陰惡的力量。靈心在沼澤中也會吸取其他的靈心釋出的陰鬱之氣，永遠處在痛苦、憤怒、悲傷的深淵中，得不到寧靜平和，而是無止盡的被禁錮下去。」

「所以我媽媽在那裡？你們快去救她啊！」晨欣想到媽媽死後還要受苦，更加焦急難受。

五悔搖搖頭，「養心池和滯心澤是兩個世界，這裡的使者都有自己的職責，不能任意離開。而且使者如果去到滯心澤，他們就回不來了。」

「求求你們，拜託，幫我救媽媽啊！」晨欣哭著哀求，「你們可以把死人帶到這裡來，還可以讓人復活，一定有非常人的法力，可以打敗泥怪跟巫煞，拜託……我想見我媽媽。」

「晨欣，你先不要急，你要先穩定心緒。」五悔黑色的髮辮，在池水中繞動，好像一隻粗毛筆在水中寫字。傾愁的紫色長髮也以她為中心，在水中四散，像是一顆散發紫色光芒的太陽。

就在這時候她感到一道沁涼的水流從兩個使者的方向傳來，輕輕的環繞著她，讓她感到非常溫和安詳，焦躁的心緒得以舒緩。

但是也在同時，她有一種莫名的異樣感，以前從來沒這樣過，好像有兩個自己，不對，是有另外一個意識，那是自己內心的聲音嗎？

「你要去救你媽媽！」有個內在的聲音對她說，這很像是一個想法、一個念頭，但是不是她自己可以控制的念頭。

「你是誰？」晨欣在心裡問，沒有實際說出來。

「我說出來你不要嚇到，我是艾美。」艾美的聲音說。

「艾美！」晨欣大吃一驚，「你怎麼會在這兒？你死了嗎？」

她記得三恕臨走前曾問她要去哪找艾美，她會不會也死了？可是這些使者跟她保證艾美不會死啊？

「我沒有死，我只是把自己一部分的意識分離出來，跟著你的靈心來到這裡。你在跟引心使者說話嗎？」艾美問。看來，艾美躲在她的靈心裡，只能聽到她的聲音。

「是的，」晨欣回答，「我媽媽被帶到滯心澤，我再也看不到她了。」

「請你幫我保守我在這裡的祕密，不要讓引心使者們知道，這樣我才幫你去找媽媽。」艾美說。

「眞的？你可以幫我？」晨欣好驚訝。

「是啊，我有法力。」艾美說。

晨欣覺得難以置信，不過之前的確聽到使者們說艾美用法力讓一隻紅狐狸起死回生，「好，我不會讓他們知道你在這裡，可是你也要答應我，要仔細告訴我這是怎麼回事。」

晨欣對艾美的印象很好，跟爸爸、弟弟搬到新家後，她本來很排斥那裡，不想承認那是他們的家；但認識艾美後，有同年齡的朋友陪她聊天，讓她開始敞開心胸，不再那麼鬱悶。

「晨欣，你先好好休息，我們晚點再來找你。」五悔看她不再激動，不再提問，不再要求，以爲她接受了事實，打算讓她一個人好好養心。

「好。」晨欣乖巧的答應，五悔跟傾愁一起離開。

深藍的池水簇擁著晨欣，她可以感覺到水的力量，水的溫度，想不到死後還是有意識，有知覺的。

「艾美，他們走了，你還在嗎？」晨欣四處張望。

「我在，不過你看不到我，」艾美的口氣有點遺憾。

「這到底是怎麼回事？」晨欣覺得自己滿頭霧水，不過現在在養心池裡，還眞的滿頭都是水。

艾美說起她的故事，把自己經歷的一切都告訴晨欣。

「……因此，我必須要找到張伯。」艾美花了一點時間交代緣由，晨欣沒想到艾美的身分這麼特殊，居然不是普通人類，聽得一愣一愣的。

艾美繼續說下去，「所以我開始練習新的法力，試著回想當時我死掉的時候，有兩個意識的感覺，利用回原法和再生法，加上其他法力的力量，終於找到分離意識的方法。我很興奮的去找你，正好看到你哭著跑出社區大門，我也趕忙追出去。你跑得好快，我還來不及追上，你就被車子撞倒了。我跑上去蹲在你身邊，當時我跟你說了什麼，你記得嗎？」

晨欣搖搖頭，那時候很混亂，細節和經過都很模糊，她甚至不記得有看到艾美。

「我那時候好震驚，好傷心，握著你的手說了一些話，這時，我忽然想到，你就要被帶去冥靈界，如果我要去找張伯，這是唯一的機會。所以我用剛學的法力，把一部分的意識放到你的靈心裡，想不到成功了！直到我聽見你跟引心使者的對話，我才能跟你溝通。」

「你說你要幫我，怎麼幫我？你知道那個滯心澤在哪裡嗎？」晨欣疑惑的問，「你上次來養心池，才待了一下子就回去，你知道的應該也沒比我多多少吧？」

「你說的沒錯，但是你忘了我說的嗎？我是要來找張伯的，他往來冥靈界這麼多次，一定知道的比我們多，也一定聽過滯心澤，只要我們一起去找他，他可以幫我們。當初就是他打開木盒，讓我去神異界救媽媽的。」艾美熱切的說。

晨欣記得張伯。他們剛搬進去時，張伯對她很親切，帶她在大樓內四處走走，仔細介紹大樓裡的附屬設施。

「你說你沒有死？」晨欣再度確認。

「是的，我沒有死，所以這不是我的靈心，只是我的一部分意識，只有靈心可以到養心池，所以我必須依附在你的靈心裡。」艾美解釋。

「那你的意識還有法力嗎？」晨欣又問。

「我也不知道。我才剛研究出這個意識分離的方法就跟著你來這裡，還沒來得及試。」艾美說。

「那你試試看！」晨欣帶著興奮的語氣說。

過了一會兒，沒什麼動靜。

「艾美，你還在嗎？」晨欣問。

「在，但我好像不行施展法力。」艾美語氣有點挫敗。

「眞可惜。那個滯心澤好像很危險耶，連這些長得英俊漂亮，又擁有靈力的使者都不敢去，還說去了就回不來，如果我們沒有法力，怎麼去救媽媽？」晨欣也覺得氣餒。

「不管怎樣，我們先去找張伯好了。我覺得他可以幫忙。」艾美堅持的說。

「不曉得我們可不可以隨意移動。」晨欣一邊說，一邊往前跨出一步，發現她並沒有被困在原地，於是自在的走動起來。

雖然她在養心池裡，可是並沒有在游泳池中那種全身被水壓迫的感覺，沒有在水裡行動緩慢窒礙的感覺，她可以輕鬆的走動。雖然她的雙腳並非走在一個堅硬的平面上，但也不會走出一步就向下墜，她可以隨心的往前後左右走動，不受地心引力的限制。她忽然想到太空漫步，應該就是這樣的感覺吧？

「我們該往哪去？」晨欣看看四周，可以看到湛藍水中隱約傳來的冥光。

「我也不知道，先四處隨意走走看看好了。」艾美也不確定。

晨欣看到前面不遠的地方有一團光，顏色很亮，於是便不假思索的朝著亮光走去。

第六章　艾美・物人界

艾美緩步走往回家的方向，她的心還在怦怦用力跳著。剛才她要去找晨欣，卻看到晨欣從大樓跑出去，心情似乎很糟，她在後面喊了幾聲晨欣都沒聽見。等艾美再追過去時，便眼睜睜看到晨欣在路口被車子撞倒了。

這陣子她勤練法力，想辦法要像在養心池那樣把意識一分爲二，想不到眞的成功了。現在晨欣死了，她趁這個機會，把一部分的意識放入她的靈心裡，跟著她前往養心池，不知道會不會成功？

她心裡一邊忐忑的想著，一邊走到大樓樓下，突然，她感到身邊的氣場不對。她走上前，先看到一名身披白袍，灰髮垂肩，臉龐俊俏的男子，然後又看到男子身旁比較瘦小，黃色頭髮的男子，她臉色一變，她記得他，那是無思。

我死了嗎？艾美暗驚，難道剛才分離意識時失敗，其實自己已經死了？

「艾美，我是無思，你還記得我嗎？」無思口氣輕柔，似乎怕嚇到艾美。

艾美點點頭。

「這是三恕，我的朋友。他也是收心使者。」無思介紹那名高䠷男子。

「艾美你好。」三恕口氣清淡，聽不出什麼感情，但是又不至於讓人不悅。

「我死了嗎？」艾美皺著眉頭問。

「你沒有死。」三恕簡短的回答。

「艾美，我們來這裡找你，並不是因爲你死了。」無思說，「我們一起聊聊，到後山走走吧！」

無思領頭走向後山，艾美沒想到他對附近環境很熟悉。彷彿感受到艾美的驚訝，無思輕輕嘆口氣，「我也曾經住過內湖附近。」

「所以你以前也是人？」艾美問。

「是的，所有的使者都曾經是人，死後我們經過一些考驗才成爲使者的。」無思回答。

「什麼樣的考驗？」艾美好奇的問。

「很多很複雜嚴苛的考驗，不過，現在不是說這個的時候，有機會我再講給你聽。你知道我們為什麼找你嗎？」無愢走進一個涼亭，這裡可以眺望山腳下的城市。

艾美搖搖頭。

「你死而復生，破壞養心池的界法，本應受到處罰。無愢認為你是無心的，本心善良，所以眾使者不再追究，但是之後你濫用法力，讓一隻紅狐狸死而再生，造成許多災難，這件事就不被容許了。」三恕嚴肅的說。

「我不是故意的……」艾美想到當時被逼迫的情景，本來想要辯解，可是想到自己心底其實也嚮往嘗試法力的那種刺激感，於是倒吸一口氣說，「那你們打算怎麼辦？殺了我，把我帶到冥靈界嗎？」

「其他使者建議把你的靈心帶去冥靈界，讓你好好的在那養心。我雖然不想你死，但也不能放任你。我跟三恕想到的方式是，先取走你的法力，讓你不能再繼續做錯事。放心，你不會受到任何傷害。」無愢聲音細柔，好像在跟艾美商量要拿走一件她的外套那樣。

「你們要拿走我的法力?」艾美感到錯愕又驚慌。

「你本來就沒有法力。」三恕平淡的說。

他說的沒錯，她從出生到十二歲回臺灣之前是沒有法力的，當時也沒有覺得缺少什麼，就是普通的美國小孩。可是這兩年來有了法力，經歷這麼多事情，她已經很依賴它了，就像現在的人類很依賴智慧型手機那樣，的確讓生活方便不少。

「可是，這是媽媽給我的法力!」艾美激動的說。她呼吸運氣，射出一道暗紅光，在她跟三恕、無愳之間升起一個屏障。

「哼!我來試試。」三恕低哼一聲，俊美的臉龐帶著冷意。他往前一站，一陣風吹來，白袍隨著風揚起，淺灰色的頭髮飛散在空中，三恕右手手心朝上，像是播種或丟飛盤那樣，五指微張，手掌向前送出一道弧線。

艾美感到一股氣勢推向自己的屏障，屏障馬上蒸發消失，那股氣勢再往前推進，一陣陣的溫麻能量包覆著她。

她趕緊運氣，再度施法，暗紅光以她爲中心向四面八方射出，無愳和三恕察覺一股強大的氣勢，兩人同時手掌一翻，只見滿天的金點銀點，向著艾美奔去。

艾美可以感覺到兩人是在試探她，沒有攻擊的意味，這些金點銀點也不是他們最主要的力量。艾美也把法力定在守勢，但又適時的保持力道，透露自己的實力，提醒他們不要強取她的法力。

暗紅光在空中盤旋，艾美把它舞得像是一條彩帶，前前後後，上上下下；金點銀點有時候四散，有時候聚集，像是一群小精靈，靈巧的圍繞在艾美身邊，前攻後守，滴水不漏。

無愳盤算著情勢，黃色的頭髮一揚，所有的金點追隨著髮絲，回到無愳身上；三恕也用同樣的方式召回銀點；艾美同時收回法力，警戒的看著他們。

「艾美，看來你不想失去法力，但是如我所說，其他使者不會輕易的放過你，如果你讓我拿走你的法力，我可以跟其他使者說明你不會再觸犯界法，他們也就不會爲難你。」無愳誠懇的勸說著，「我們並不會摧毀你的法力，這份法力會被好好保存，說不定日後還是有機會拿回去的。」

「不能，我不能把法力交給你們。」艾美焦急的說，「至少現在不行，再給我一點時間好嗎？」

「什麼意思？爲什麼現在不行？」三恕問。

艾美漲紅臉，她不敢跟他們講實情，對於她破壞界法、死而復生一事，他們已經很不高興，如果他們知道她剛才把自己一部分的意識送到冥靈界，更不會輕易饒恕她，恐怕就不是拿走法力這麼簡單。

「因爲……因爲……我需要時間安排一些事。」艾美含糊的說。她盤算著，自己需要找到張伯，問到開啓木盒的方式，再把依附在晨欣身上的意識召回來，然後像張伯那樣找一個足以勝任的人來接手木盒，她就完成使命，到時沒有法力也沒關係了。沒有法力雖然很可惜，但是至少可以保住性命。

而且，如果知道如何開啓木盒，她就可以進出神異界，說不定可以在那裡找出什麼方法，讓她不用交出法力，又可以保住性命。艾美的另一個想法浮現。

「好。」無愳回答得乾脆，讓艾美愣了一下。

他手指輕觸金色的髮端，一滴水珠落在他的掌心。他的手一揚，水珠送到艾美的面前，懸浮在她的兩眼之間。她這才注意到，這看似水珠的東西，其實是一個水晶花苞，現在這花苞在她的眼前打開花瓣，每一瓣都晶瑩剔透。最後花苞完全綻放，開出一朵透明的水仙。

「好漂亮的水仙。」艾美讚嘆。

「這冰水仙是用養心池的水淬鍊出來，每個使者都有自己的冰靈花，我的是水仙，三恕的是海芋。」無愳介紹。三恕也用同樣的方法，讓一朵小巧的透明晶狀海芋出現在掌心中，三恕讓艾美看了後，手一翻，冰海芋便消失無蹤。

無愳繼續說，「現在我這朵冰水仙會一直跟著你，懸掛在你的眉眼之間，只有你跟使者們看得到，一般人是看不到的。這朵冰靈花讓我們溝通無礙，有這朵花在，我就可以隨時找到你，如果你有話想跟我說，只要用手指輕輕觸碰一下冰靈花就行了。」

艾美感到這朵水仙在她的眼前輕晃，帶著一股冰涼的氣息。

「三天。三天後，我會來找你。」無愳說完便跟三恕一起消失。

艾美左右張望，要不是那朵小小的冰水仙還在眼前，她懷疑剛剛是不是眞的看到兩個使者。

她試著用法力讓那朵花消失，可是不管她怎麼試，甚至用了好幾次回原法，也無法回到沒有冰水仙的時候，這朵冰靈花就這樣一直跟著她。

就在這時候，她終於感應到自己的意識，已經放到晨欣靈心的意識。她成功了！

只要她說服晨欣去找張伯，問到開啓木盒的方式，就可以把它召回來。但同時艾美也感到不對勁，那個分出去的意識，一直心心念念要去滯心澤，可是艾美一點也不想去那裡，她只想要見到張伯。雖然同情晨欣的媽媽，但是引心使者也說了，沒有人能成功去滯心澤，連使者們都不能，爲什麼她的意識要慫恿晨欣去呢？艾美感到不安，她的部分意識居然開始有自己的想法了。

第七章　晨欣．冥靈界

晨欣朝著光芒走去，來到一個約棒球大小的光芒前面，她看著這個靈心有點好奇，不知道是什麼樣的人在裡面？其他人看她，是不是也只是一個球狀光芒而已？她伸出手，想去碰碰看，沒想到還沒碰著，那一球光芒倏地膨脹起來，變成和房子一樣大。晨欣嚇了一跳，定睛一看，眼前這個巨大的光芒裡原來有一棟房子。

房子的大門敞開，裡面有兩男三女，其中一個女孩看到晨欣，興奮的對她招手。

「嗨，你一定是新來的。進來啊！」看起來跟她年紀差不多的女孩有一頭波浪捲髮，鵝蛋臉，尖下巴，精緻的五官顯得很亮眼。她穿著一襲連身及膝的粉藕色禮服，蓬蓬的大圓裙把她的小腿襯得更纖細。

她好瘦喔！這是晨欣對她的第一個感覺。

「你叫什麼名字？」纖細的女孩問。

「晨欣。」

「我叫安樂，這裡是我家，我介紹新朋友給你認識。」安樂熱情的拉著晨欣往裡面走，晨欣注意到女孩的手臂也細得不像話。

晨欣感到不知所措，可是又很好奇，跟著安樂進了大房子。

「這是宥秦。」她指著一個戴著眼鏡長臉的男生。宥秦看起來像大學生，他對她微笑揮手，態度很友善。

「這是亞芙。」她指著坐在沙發上，正在喝茶的胖胖女生。

亞芙和氣的對她點頭。「你好！」

晨欣也對亞芙點頭，覺得她很親切，給人感覺很舒服。

「這是海若。」她又指著沙發另一頭綁著長馬尾的女生，海若對晨欣揚一下手。這裡的三個女生看起來跟她年紀相近。

「這是海若的哥哥，海旭。」她指著海若旁邊像個高中生的男孩，海旭看了晨欣一眼，拘謹的點一下頭。

這對兄妹長得很像。這是晨欣對他們的第一個印象，都有細細的眼睛，堅挺的鼻子，身形結實而不瘦弱。

晨欣打量這棟豪華的房子，還有在這裡的幾個人，心裡覺得好驚訝啊！她以爲養心就是要自己一個人孤獨的修習呢。

「你們……都住在這裡嗎？」晨欣問。

「不是，這是公主的家，我們只是公主的隨從，得到她的恩寵，才能進宮來的喔。」宥秦用開玩笑的語氣說。

「哪有那麼誇張！」安樂不好意思，卻又掩不住的得意，「我不是公主啦，我出生的時候，上面有三個哥哥，媽媽說要把我養成一個公主，所以取名字的時候刻意選了唐朝最美的公主——安樂公主的名號，希望我能永遠尊貴漂亮。」

「所以我們都叫她公主，你看看，她全身上下哪裡不像公主了？」亞芙戳戳安樂的粉藕蓬裙，拉拉她的頭髮，兩個人笑成一團。

「不過我們的公主並不高高在上，可是很親民的。我們之中，她來這裡最久，對大家的問題很熱心，有問必答，有時候還很雞婆喔。如果你的穿搭不對，小心她強迫你穿上她的衣服。」亞芙嘻嘻笑著說，「你喜歡漂亮衣服嗎？」

「喜歡啊，我媽媽以前常做漂亮的洋裝給我穿。」晨欣回答。想到媽媽，她心裡一陣溫暖又傷心。

「我哪會強迫啊，我是建議、建議好嗎？你自己說，上次你穿我那件緊身褲，腿是不是看起來更長？」安樂嘟著嘴插話。

「這個我可以作證，那件褲子的確讓亞芙看起來特別美，曲線修長，讚！」宥秦舉手說。

「你也太會撩妹了吧！」海若瞇著眼瞪他。

「冤枉啊，我句句誠懇好嗎？」宥秦無辜的說。

晨欣看他們歡樂鬥嘴，忍不住也笑了。

「你在笑什麼？你在跟誰說話啊？」艾美的聲音忽然傳來，晨欣都差點忘了她。艾美看不到也聽不到其他人，只聽得到晨欣一個人的聲音。

「我遇到一個光芒，原來裡面有五個人，他們人都很好，其中一個叫安樂，感覺很熱心，還有一個叫……」

「你不是要救你媽媽嗎？你不應該花時間在這裡跟無關緊要的人聊天啊！」艾美不悅的聲音打斷她。

「我沒想到在這裡也可以交朋友，我以爲養心就是要一個人淒苦清淡過日子，我覺得認識他們不錯啊！」晨欣說出自己的看法。

「可是救你媽媽才是重要的事。當初我就是這樣，全心全意才把我媽媽救出來。」艾美不以爲然的反駁，「你不要再跟他們聊天了，快去找張伯，不要忘了，你是來找你媽媽，不是來交朋友的。」艾美又加了一句。

晨欣感到不太舒服，她是想去救媽媽，但不是在被強迫催促的狀態下去的。艾美的話讓她不太高興，感覺上，跟著她來到冥靈界的艾美跟她之前認識的艾美好像不太一樣了。

「我要在這裡多待一會兒，」晨欣堅持的說，「養心池這麼大，我不知道去哪裡找張伯，或許他們可以幫我。」

晨欣在心裡回應後，就不再理會艾美。

「晨欣，你多介紹一下自己嘛！」宥秦熱心的說。

「我叫林晨欣，我十四歲。是一個國三生……我本來是一個國三生。」想到自己死了，晨欣還是很不能接受。

「你平常喜歡做什麼？」亞芙貼心的問，轉移她的心思。

「我喜歡看書、逛街、旅行、看電影、吃美食。」晨欣說。

「我也喜歡看書！我家有好多書，下次你可以來我家玩。你喜歡哪一類的書？」亞芙對自己找到同好很開心，晨欣覺得她講話的方式很友善。

「我啊，喜歡奇幻小說、推理小說……」晨欣的話還沒說完，安樂就插嘴。

「你也喜歡逛街啊，我超喜歡逛街的！買衣服是我最大的興趣呢！」安樂興奮的說。

「所以她才需要這麼大的一個家來裝衣服！」宥秦舉起雙手誇張的比了一個大圓。

「你們每個人都有自己的家？你們的家怎麼來的？」晨欣好奇的問。

「是啊，每個人都有自己養心的地方。不只這樣，你待在這裡一段時間後，一些你想要的東西就會慢慢出現。」安樂回答。

海若瞄了晨欣一眼，「看來，你的引心使者沒跟你說這些？」

晨欣搖搖頭。

「我的引心使者也沒跟我說啊！」亞芙聳聳肩。

「我的也沒有！當初我也是摸索了好久，才知道怎麼在這裡好過一些，所以現在有機會我就要幫助新來的人，告訴他們我的經驗。」安樂甜甜的說。

晨欣微微一笑，安樂眞的擁有公主特質，喜歡把話題的重心轉移到自己身上。晨欣不習慣被人強迫，但是既然安樂喜歡成爲他人的注目焦點，而且又沒壞意，她倒是樂意讓公主得到成就感。

「所以你看到我在門外，就熱心招呼我進來了。還好有你，不然我在外面不知道要瞎晃多久。」晨欣誠心的說。

「對啊，不是每個靈心都願意讓人進入的。」安樂驕傲說。

晨欣聽了一震。是啊，人心多麼複雜？要了解一個人是多麼不容易？的確不是每個人都願意打開心門，讓大家去了解。她看著大家坐在華麗的大廳裡，但是安樂也應該有不爲人知的「小房間」不讓人進去吧？

「所以每個人遇到的引心使者都不一樣？」晨欣問。

「對，不一樣。」宥秦說，「每個人來到養心池的心情不同，負責引導你的使者也不一樣。」

晨欣點點頭，傾愁也跟她講過類似的事。

宥秦又笑嘻嘻繼續，「一定是你們這些女生人善心美，知道你們可以馬上體會，所以你們的引心使者才沒講那麼多，我的引心使者知道像我這樣的男生既遲鈍，反應又慢，沒有提點肯定待不下去。」

「喂，我的引心使者有跟我講耶，你的意思是說我人太醜、心地不好嗎？」海若瞇起眼，一副不滿的樣子。

「哎喲，海若是無可挑剔的大美女耶。高䠷健康，身材一等一的棒，善良的內在更是天使等級的。」宥秦看海若的嘴角終於拉出了微笑，又加了一句，「所以安樂才會那麼喜歡你，讓你加入我們的行列，還常常找你來啊！不然的話，我們本來想維持菁英三人小組的喔！」

海若聽完很開心，不過她同時又若有似無的瞄了一眼晨欣，「既然是菁英，組員的選擇條件就要高一點不是嗎？」

晨欣感受到海若似乎對她帶著敵意，她不是很確定，或許自己太敏感了，畢竟她也才剛來到這裡，沒做什麼事、說什麼話，應該不至於得罪人才是。她決定不動聲色，假裝沒聽到。

「什麼三人菁英，你不要聽宥秦瞎編。」安樂漂亮的大眼睛瞪了宥秦一眼，「我喜歡人多熱鬧，大家都是好朋友。」

海若只是撇撇嘴，聳聳肩。

「是啊，我們都很好相處的。」亞芙說，「像我這麼胖、這麼醜又這麼笨，安樂從來沒有嫌棄我。」她說完，臉色有點黯淡。

「哎喲，誰敢嫌棄我們這裡智商最高的人！從托兒所到國中都是資優班第一名，跳級兩次，而且還是魔術方塊高手耶！我連一面都拼不出來好不好？這些都是事實中的事實喔。」宥秦嚷著，看來他很了解如何說好話哄人，可是又不至於油腔滑調，讓人討厭。

亞芙翻個白眼，「念過資優班又怎樣？現在也只能在這裡養心。」

宥秦這次倒沒再多話，走過去摟摟亞芙的肩膀。

晨欣意識到：沒錯，這裡每個人在物人界都已經死了，眼前這五個男女跟她年紀差不多，或者稍微年長一些，但都不是年老後壽終正寢的人。這些人都有各自的故事。

「所以啊，我跟你說，」安樂打斷她的思緒，熱情的拉著晨欣坐在她的旁邊，「我們既然要在這裡養心，就要想辦法過得舒服一點。我喜歡大房子，喜歡打扮，喜歡漂亮的衣服，喜歡交朋友，我用心去想這些，修養我的靈心，這些東西就會慢慢出現。」

「所以你們每個人都有大房子嗎？」晨欣問。

「當然沒有。我也想要大房子和漂亮衣服啊，可是哥哥就說什麼喜歡簡單的生活。」海若撇撇嘴，一副無奈又不以爲然的表情。

「我跟你說過啊，你不喜歡可以有自己的生活方式。」一直沒說話的海旭這時開口。他的口氣沉穩，不過聲音很好聽。

「不要，我要跟哥哥一起。」海若半撒嬌半任性的說。

「那你就好好聽九思使者的話，認眞養心，不要一直想大房子和名牌衣服。」海旭的聲音嚴肅起來。

這對兄妹雖然長得像，個性一點都不像啊。晨欣想。

「海旭啊，引心使者們又沒有說喜歡這些東西就不能養心，女生喜歡漂亮的衣服珠寶，讓自己的心情變好，更愉快放鬆，養心才會更成功啊！」安樂摟著海若的肩膀，幫她說話。

「養心代表心要定，不能有雜念，如果只注重這些外在的東西，被這些事干擾，怎麼能好好養心呢？」海旭瞇起眼睛說。

晨欣忍不住插話，「我媽媽很會做衣服，每一件都很有創意、很漂亮。我的衣服都是她親手幫我做的，外面買不到，我都好喜歡。我並不覺得，喜歡這些外在的東西就一定代表心有雜念，不喜歡這些東西的人也不一定代表心地就比較好啊。如果你自己的心不能定，不管你喜不喜歡漂亮衣服都沒有差別。干擾你的不是漂亮的衣服，是你自己的心。」

「說得好耶！」宥秦拍手叫好，「好有哲理喔。好像孔子說的『見色是空』。」

「什麼見色是空？亂說一通！那是《般若心經》裡面的：『色即是空，空即是色』。」亞芙糾正他。

「對對對，亞芙果然是我們之中最有學問的人！馬上就知道出處。」宥秦笑著說。

海旭不再說話，而是用奇怪的眼神看著晨欣，心裡咀嚼著她的話。

晨欣不理會他，她還有更多的問題要問。

「你們當初怎麼找到對方的？還是你們本來就認識？你們之間是怎麼聯絡的？」晨欣問，她心想著要幫艾美找張伯的事。雖然她覺得艾美變得不一樣了，但是既然她之前答應艾美，那她就會儘量做到。

「你不要再聊天了好不好？管他們怎麼認識的。我都不知道你這麼八卦。」艾美不耐煩的聲音再度響起。

在晨欣跟大家的聊天過程中，艾美時不時的冒出來催促她趕快離開，晨欣一直不理她，但是這次她的語氣太不好了，而且還這樣說她，讓她忍不住在心裡回應：

「養心池這麼大，我怎麼知道去哪找張伯？他們在這裡的時間比我長，知道的東西比我多，這些人聚在一起，一定知道怎麼找到對方，如果我能學會，找到張伯的機會就大一點。你不要我問的話，那我們就四周瞎晃好了，看看我的運氣有多好！」晨欣硬氣的說。

艾美不再說話，晨欣把注意力拉回到屋子裡的眾人身上。

「我剛來到這裡時，在引心使者的幫忙下開始養心，」安樂繼續說，「漸漸的，我發現自己有一些特殊的能力，剛開始我不懂，還很害怕，後來才知道那是養心時養出來的靈力。像是我想要一套漂亮的白色洋裝，然後我發現白色洋裝出現在我身上。所以我跟你說，如果你感覺胸口熱熱的，不要怕，那代表你的靈力出現了。這時候想著對你來說重要的東西，它就會出現。後來我更努力養心，慢慢收集到很多想要的東西。」

晨欣仔細聽她敘述養心的過程，安樂又接著往下說：

「可是我後來發現，養心只能收集到沒有生命的物品，不能讓人物、動物，甚至植物出現。這讓我覺得好孤單啊！於是我想起剛來到這裡的時候，引心使者曾經告訴我，養心池裡的點點冥光來自每一個人的靈心，所以我就想試試看去接觸這些靈心，說不定可以交到朋友。我走了好遠，一個一個靈心去試，可是他們都關著心房，沒有人願意認識我。引心使者告訴我要有耐心，有緣分的人自然會出現。」

宥秦微笑舉起手，「我！我就是第一個有緣分的人。那時候我剛來沒多久，安樂找到我，我覺得她很可愛，講話很直率，馬上就聊起來了。當時看她那麼激動的樣子，還滿感動的。」

他舉手的樣子有點誇張，不過語氣倒是眞誠。

「當然激動啊，好不容易有人跟我講話耶！」安樂優雅的笑著說，「後來就遇到亞芙，最近才遇到海若和海旭兄妹。然後就是你！你也要常來喔！」

晨欣看著這屋子的人，還有她自己，「養心池只有年輕人嗎？」

「當然不是。」安樂說。「什麼人種、性別、年紀的人都有，不過不同年紀的人住在不同區域，雖然不是遇不到，但機會沒那麼大，因爲你的心會帶著你接近跟你特質比較相近的人。有緣分，什麼人都可能遇到。」

「那我要來之前怎麼跟你聯絡？你們彼此是怎麼聯絡的呢？養心池那麼大，到處是深藍的水，之後要再找到這裡恐怕不容易吧？還有，如果我想在這裡找人要怎麼找？」晨欣一連問了好多問題。

「啊哈，你說到重點了！這個。」安樂驕傲的手一翻，一個事物出現在她的掌心，是一個像是精品店賣的提包，但是只有五公分見方的大小，看起來很可愛。

安樂用食指跟大拇指把小提包拎起來放在晨欣的手上，晨欣感覺不到重量，但是有一抹悠悠的氣息，然後小提包上的氣息彷彿被掌心吸入一樣，馬上不見。

「這是我給每個人的信物，如果我想邀請你來我家玩，那我就會讓我的信物在你的手中出現。」安樂說，晨欣感到手心有股麻麻的感覺，她打開手掌，果然那個小小提包又出現了。「你只要用手指輕輕碰它，它就能幫我們兩個溝通。」

「那如果我想找你，可以把你的小提包叫出來嗎？」晨欣看著掌心，好奇的問。

「不行耶，」安樂語氣抱歉的說，「你要養出自己的信物後給我，才能由你那邊控制。」

「你看我給安樂的信物。」宥秦一說完，安樂的掌心便出現一臺小電視，「你想要的話，我也可以給你一個。」

亞芙在一旁微笑，眨眨眼，接著安樂的掌心出現一本小書，同時宥秦的手上也出現小書。愛閱讀的亞芙養出的信物是書。

「好啊，我也想要你們的信物。」晨欣看著大家，覺得這東西很有趣，「所以你們每個人都有信物？」

「我和哥哥剛來，還沒養成，不過安樂有聚會都會找我們。」海若聳聳肩說。

宥秦跟亞芙走過來，各自給她一臺小電視跟一本小書。

「我們的靈力只能養成沒有生命的物體，像那些使者的靈力很強，可以養出一朵花呢！」安樂解釋。

「他們有沒有回答你怎麼找人？」艾美的聲音又傳來。

晨欣不理她。

「所以我要養心一段時間才有靈力，但是如果我現在想找人，這裡這麼大，怎麼找？」晨欣問。

「你想找誰？說不定我可以幫你喔！」安樂問。其他人也好奇的看著她。

「呃……我家大樓的管理員張伯，他對我很和善，不久前過世了，我有事想問他。」晨欣說。

「不要跟他們講太多！」艾美又插話。晨欣微微皺眉。

大家看她的眼神有點奇怪，可能不太相信她眞的要去找一個大樓管理員。

「我好像沒有認識這樣的人，」安樂歪頭想想，漂亮的波浪長髮垂在胸前，「不過這裡太大，我不可能認識所有人。」

晨欣想想也對，全世界每天有多少人死亡啊！

「我剛來的時候，想去找一個好朋友，可是怎麼找也找不到，我後來去問我的引心使者。他帶我去找他，可是他卻不想見我……」亞芙臉色落寞，停頓了一下，「我的重點是，你可以去問你的引心使者。」

「我也曾經想找我的祖母，可是也沒找到，引心使者說她的靈心已經有生命之光，再度有生命，所以不在養心池了。」安樂說。

「所以最好的方式，就是問引心使者了。」晨欣回答，這句話也是說給艾美聽的。

「還要養心。這樣才能養出靈力和信物，」安樂撥一下長髮，「不管你想做什麼，這些都會幫你的。」

「結果講半天，還不是要問引心使者，這些人也沒給我們什麼幫助嘛！」艾美的聲音又出現，口氣帶著不滿。

「不是這樣，我學到很多在養心池生活的方式。」晨欣說，不過艾美似乎不感興趣。

「那他們知道怎麼去滯心澤嗎？」艾美急切的問。

這是她跟艾美唯一的共同目標，她也想知道怎麼去滯心澤、去救媽媽，但是對於艾美想去這個地方的那種熱切，讓晨欣有股不安的感覺。

雖然如此，她還是問了。「你們有沒有聽過滯心澤？知道怎麼去嗎？」

大家原本嘰嘰喳喳的談天說地，忽然安靜下來。

第八章　晨欣・冥靈界

「你爲什麼問滯心澤？」海旭看著她問。

「引心使者告訴我，我媽媽被帶到那裡，我想要救我媽媽。」晨欣說。

又是一片靜默。

「我們都聽過那個地方，但是沒有人去過，因爲之前去的人都回不來了。」宥秦推推眼鏡說。

「我聽說那個地方很恐怖，去到那裡的人會被丟進沼澤裡，就算你已經死了，還是會覺得呼吸困難，全身炙熱，生不如死。不對，去到那裡的人本來就死了……總之，死了之後還是無法解脫，會遭受永無止盡的折磨。」安樂細瘦的手撫著胸口，眼睛睜大，

「那些使者們，就算修得的靈力比我們大好幾倍，他們去了也回不來。」

「那你們知道滯心澤在哪嗎？要怎麼去？」晨欣覺得他們知道的機會很渺茫，但是還是想問。

「有人說在山的那一邊。」宥秦說。

「我聽到的是在湖的另一側耶。」安樂看著宥秦說。宥秦聳聳肩，表示他也是聽來的，不敢保證。

「九思使者說過，滯心澤也在冥靈界裡，跟養心池是相連的。」海旭說。晨欣看著他，把這句話記下來。

「我聽到的是，滯心澤的泥怪不僅會跟收心使者搶奪受苦悲傷的靈心，如果在養心池的靈心沒有好好養心，甚至有了邪念，那些泥怪也會被吸引過來，趁機把靈心帶去滯心澤。」亞芙說。

「為什麼引心使者都不管呢？」晨欣皺著眉頭問。

「他們沒有不管啊，他們帶我們來養心池養心，讓我們有靈力，就是希望每個人能夠有足夠的力量保護自己。」亞芙說。

「就像每個國家有警察、有法律，可是還是會有壞人，好人還是會被欺負，懂得保護自己很重要。」海旭說。晨欣覺得他的比喻還滿貼切的。

「所以啊，我召集大家聚會，不是只有聊八卦，聊新衣服喔，」安樂臉上滿是帶著光環的微笑，「我也希望大家可以一起分享養心的心得，彼此支持，快點靈力加倍！」

「我還眞的需要一些加油打氣呢！」亞芙嘆口氣，「昨天我的書又少了好幾本，幾個橡皮擦也不見了，好煩啊！」

「你一直擔心書念得不夠，越擔心得失心越重，當然越失落啊！來來來，看看我最近拿到的水晶圓珠手鍊，我最近變瘦了，手鍊太長，你手胖胖的戴起來一定剛好！心情好了，養心才會順利。」安樂熱情的拿出手鍊，主動幫亞芙戴上。

她大剌剌的評論亞芙的身材讓晨欣很驚訝，不過其他人好像習以爲常一樣，沒有表示意見。

就在這時候，晨欣感到身旁包圍著她的水出現波紋。好像小時候在河邊丟石頭，石頭碰到水面掀起陣陣漣漪那樣，只是現在身邊的水紋不是規則的同心圓，而是朝四面八方亂竄的紋路。

晨欣正要問其他人那些是什麼，只聽到連續幾個像鞭炮的啵啵啵聲音，安樂手上的水晶圓珠手鍊忽然一顆顆劇烈爆破。

「啊！」安樂驚呼，亞芙和宥秦臉色恐懼。

「這……這是什麼？」海若尖聲喊著。她害怕的抓著哥哥的手。

「這是滯心澤那邊的力量！」安樂臉色慘白。

「你們三個是新來的，沒經歷過，巫煞常常像這樣不定時的騷擾養心池，只是好一段時間沒發生。」亞芙皺著眉頭解釋。

「這次的力道未免也太大了吧！」宥秦正說著，水裡一股巨大的震盪襲來，幾個人被水波擺盪推擠著。

晨欣覺得快站不住腳，一下重心不穩整個人便往後倒。

「啊！」亞芙動作快，用力的拉住她。「用靈力抵抗這個力量！」她喊著。

「可是我才剛來，還沒有養出什麼靈力啊。」晨欣說。亞芙一聽更是使力的幫她，傳給晨欣一些靈力。

海旭把海若擋在身後，他們似乎已經有一些力量了，不至於東倒西歪，同時宥秦也動作迅速的來到他們的身邊。

接著，眼前的房子、沙發、櫃子、椅子開始震動起來，看起來非常模糊，像被火燒灼後正要融化的樣子。安樂動作也快，雙手手掌各出現一個手提包，兩個手提包向上飛起。之前看她嬌滴滴、弱不禁風的樣子，現在眼神專注，臉色凝重，兩個手提包分別向前後兩個方向旋轉奔去，它們帶著兩股力量，橫過整個客廳。晨欣睜大眼睛看著，只覺得身邊水波的力量受到影響，略微減弱。

亞芙看晨欣沒事，也喚出她的信物幫忙安樂，一本小書出現在她手中。

「去！」亞芙輕喝，小書的封面打開，裡面的書頁被無形的靈力撕了下來，一頁頁被灑入水紋中，只見每一頁都被水紋吞沒，但是水紋的數量也跟著減少。

宥秦一手拉著海若，一手也讓小電視出現，他剛剛嬉皮笑臉的樣子不見了，戴著眼鏡的長臉嚴肅凝視前方，小電視上忽然閃著光，一道道光芒對上這些異樣的水紋，兩股力量互相交纏進攻。

「發生什麼事？」艾美聽到晨欣驚呼擔心的問。

「巫煞對我們發動攻擊。」晨欣在心裡回答艾美。艾美的意識安靜了下來。

安樂、亞芙、宥秦三人使用信物，加上他們的靈力，剛開始似乎奏效，客廳的牆面慢慢恢復豪華的裝飾模樣，椅子、沙發和櫃子也變回原本清晰的樣子。

可是就在這時候，晨欣覺得周遭不對勁，身邊的水流忽然迅速從上往下竄，像是她正站在一道瀑布下，她還沒來得及尖叫，已經感到整個人往下墜。

亞芙本來握著晨欣的手，可是她專注幫忙安樂對抗巫煞的力量，緊握的手略微放鬆，這垂直水流的力量來得又快又強，亞芙一時抓不住，鬆開了晨欣的手。

晨欣腳下的客廳地板現在變成一灘泥水，泥水產生漩渦向下陷落，同時泥渦中伸出四、五隻泥手，抓著晨欣的腳用力往下拉，眼看晨欣整個人就要沒入泥水中，一隻手用力抓住晨欣的手，努力不讓她掉進漩渦中。

晨欣抬頭看，是海旭。

「哥，你放手！你也會跟著掉下去的。」海若大喊。

海旭不理她，這股向下的力量太大了，於是蹲下身，伸出另一隻手支援。

「另一隻手也給我！」海旭對著晨欣大喊。

晨欣伸出另一隻手，雙手同時用力抓住海旭。

「不要放手！」海旭大喊。

「你們快來救我哥哥啊！哥，你放手、放手啊！」海若在一旁拉著她哥哥的身體，著急喊著。

其他三人回頭一看，正準備出手幫忙，沒想到對峙的力量忽然變強，纏住了他們，讓他們進退不得，更不可能分神幫忙海旭。三人努力抗敵，同時焦急萬分。

就在危急的時候，客廳左邊的窗戶傳來破碎聲，一朵透明冰狀的小雛菊飛了進來，同時一朵桔梗花和一串薰衣草也飛了進來。

這三朵冰靈花來勢快速，晨欣可以感到上面的力量遠大於安樂三人的靈力。

「允恩使者，快來幫我們！」安樂大喊。

使用冰雛菊的允恩使者就是安樂的引心使者。她感應到安樂有危險，急忙過來幫忙，同時五悔跟傾愁也趕到。

滯心澤對養心池發動大大小小的惡意攻擊，一直以來不曾間斷，滯心澤需要靈心的負面力量，所以常常會前來侵犯。這也是引心使者一直對靈心們敦敦教誨的原因。如果靈心不努力養心，不僅不易再有生命之光，也會被巫煞抓走。引心使者們雖然盡力保護養心池，但是巫煞的力量非常強大，不能掉以輕心。

三朵冰靈花展現力量，進屋後用盡全力抵抗強力水紋，冰雛菊片片橢圓花瓣四射，在屋內四周攔截水紋的流向；薰衣草也在空中纏住這股力量，散出靈力對抗；桔梗花的花瓣張開，露出裡面的空間，把周遭的巫煞力量都吸進去。

三位使者這時踏進屋內，個個雙手驅使冰靈花，費了一番工夫才把巫煞的力量打退，只是晨欣腳下的泥漩渦非常難纏。那些泥手來自泥怪，他們爲數眾多，正試圖爬出泥漩渦，一隻隻手抓在晨欣的身上，三朵冰靈花來回施展靈力對付泥怪，安樂三人則努力幫海旭抓住晨欣。

巫煞的力量被打退後，泥怪慢慢無法支撐，紛紛在冰靈花的攻擊下冰凍結塊，一碰就粉碎消失。終於，晨欣掙脫泥怪的糾纏，被眾人拉上來，客廳地板恢復原狀，驚魂未定的安樂驅使自己的包包信物在上面繞一圈，柔軟漂亮的地毯又回到大家眼前。

「晨欣，你還好嗎？」海旭擔心的問。

「還好……」晨欣心有餘悸，「謝謝你動作快，抓住了我。」

「哥！你要救人也要看你的能力啊，你自己都快被拉下去了，嚇死人！」海若抱怨，同時怨恨的看了晨欣一眼。

「我沒事。」海旭喘著氣，努力表現輕鬆的說。

「謝謝允恩使者，還好你們出現，不然眞不知道怎麼辦。」安樂看到自己的使者，終於放下心。

允恩使者笑了笑，一頭橘黃色的頭髮綁成兩條辮子，「安樂，你的靈力越來越強了。」

「爲什麼九思使者沒來？」海若不滿的左右張望。

「這種事，我們三位使者就可以處理，不需要麻煩那麼多使者。」傾愁看了她一眼。

「這次的攻擊怎麼這麼嚴重？」亞芙問。

「對啊，沒看過這麼大陣仗！」宥秦皺著眉頭。

「他們好像是針對晨欣來的。」海旭揉揉自己的手。

「會不會跟媽媽有關？巫煞把媽媽帶走，所以也想把我帶走？」晨欣問。

「巫煞通常會找痛苦悲憤的靈心下手，尤其是在養心池很久還是無法養成靈力的靈心，像你這樣，才來沒多久就被盯上的，幾乎不曾發生。」五悔說。

「他們來我家抓人耶，會不會其實對象是我，只是不小心認錯人了？」安樂擔心的看著四周。

安樂講到「抓錯人」的可能性後，其他人也開始憂心，不知道巫煞這次是不是真的有特別的目標，而誰才是眞正的目標？

「先不要想這麼多。」傾愁說，「這件事我們會調查，大家還是繼續努力養靈力，才能保護自己跟別人。」

「晨欣，你跟我們走。」五悔對著晨欣說。

第九章 晨欣・冥靈界

晨欣跟大家道別後，跟隨五悔和傾愁走出門外，這時身後有人喚她。

「等一下。」

晨欣回頭，是海旭，他跟著她出來。

海旭細長的眼睛看著她。「我剛剛發現，我可以喚出信物了！」

「眞的？」晨欣有點驚訝，「是剛剛發生的事？」

海旭抓抓頭，興奮的說，「是啊，前一陣子養心的過程不是很順利，我的信物一直喚不出來，可能我剛才情急之下救了你吧，後來大家在討論的時候，我發現自己的靈力不一樣了，我悄悄再試，果然可以喚出信物。」

「太好了，其他人知道嗎？」晨欣也替他開心。

「還沒，我想先告訴你。」海旭有點不好意思的趕快補充，「我不是不給他們信物，只是還沒來得及給。安樂常常找我們，給不給其實沒有很大差別，不過你剛來，而且我覺得你的想法很有意思，想說有機會可以多聊聊。」

晨欣有點感動，「謝謝。」

她說著把手掌伸出去。海旭手中出現一個小小的杯子，杯子一放入晨欣的掌心就消失了。

「我回去了。」海旭對她揮揮手就進了屋子。晨欣眼前只剩下一個棒球大的光芒。

「看來，你還來沒多久就認識新朋友了。」五悔對著她微笑。

「是啊，應該沒關係吧？」晨欣小心翼翼的問。

「當然沒關係，」五悔爽朗的說，「養心的方式很多，每個人適合的方法也不一樣，交朋友對你有好處。」

「那就好。」晨欣說。

「你的腳還好嗎？」傾愁細心的問，晨欣低頭看見兩個腳踝一片黑褐色。

「感覺有點燙燙的。」晨欣皺著眉頭。

「你已經死了，沒有眞的形體，以靈心的型態存在。靈心有外型、有知覺、有感覺，你在這裡必須要多養心，才能有更多的靈力保護自己，修護自己。」五悔說，「你腳上的傷是巫煞的力量所造成，我會帶著你養心來讓它復原。」

晨欣點點頭，「我們現在要去哪?」

「養心池很大，很多的靈心在這裡養心，」五悔說。晨欣看看四周點點頭，這件事她知道的。「但是不只是人的靈心在這裡，動物的靈心也是，植物的靈心也是。動物的靈心跟人類的靈心都在水裡，而植物的靈心則布滿岸邊的山上。」

晨欣記得剛來時看到的奇花異草，「爲什麼植物不在水裡呢?」

「人類跟動物的靈心是來這裡養心的，但是植物不同，它們是來這裡當精靈的。」傾愁說。

「當精靈?它們有什麼特別的法力嗎?」晨欣問。

「這以後我再慢慢跟你說，你來的時候已經看過岸邊的花草了，現在我帶你去看動物的靈心。」五悔說完拉起晨欣的手，晨欣感到身邊的點點冥光像流星般從兩側退去，她知道他們正以極快的速度移動，傾愁不疾不徐的跟在旁邊。

「這裡。」五悔帶著她奔跑了一段時間後停下來，「這些都是動物的靈心。」

晨欣看看四周，眼前還是一樣的景色，四周是湛藍的水，水中有點點的冥光。

她朝著一個比較靠近的走去，想去看看那是什麼動物，卻發現她無法移動，在她跟那個冥光之間彷彿有堵無形的牆擋在前面。

「這裡是百獸園，只有引心使者才能進出。」五悔說。這時，一隻白色的大象遠遠的朝他們走來，速度比印象中的大象快，也輕盈多了。

「嘿，五悔和傾愁，有新人來啊！」大象來到晨欣面前，想不到牠說的話晨欣聽得懂。

「是啊，這是晨欣。」五悔介紹，「這裡的動物不會說人話，就算每個人說的話也不是你在物人界用的語言，大家是用心靈溝通。」

「你好，我是象的使者，我叫大壯。」大壯揚起鼻子，牠真的比動物園看到的大象都還要高壯許多。

「一般靈心無法進出，不過你有什麼需要的話，這裡會有動物使者過來跟你見面。」傾愁看著晨欣說。

「真的嗎？」晨欣眼睛一亮，「我小時候家裡養了一隻玄鳳鸚鵡，後來死了，我可以見見牠嗎？」

大壯點點頭。

這時，艾美的聲音又響起，「你到底要不要救你媽媽？爲什麼要爲了一隻鸚鵡浪費時間？你趕快叫使者帶你去找張伯啊！」

晨欣越來越厭煩艾美的態度，沒有理她。

「可以請你帶牠過來嗎？」晨欣問大壯。

「牠叫什麼名字？」大壯問。

「媽媽叫牠小鳳仙。」晨欣說。

「給我你的手。」大壯舉起長鼻，輕輕觸碰晨欣的掌心，接著牠點點頭，朝著身後的點點冥光發出長嘯，晨欣等了一會兒，一隻灰色的玄鳳朝他們飛來，牠頭上翹起的黃色羽毛，臉頰兩側橘紅的圓點，亮灰色的羽毛，完全就是晨欣記憶中的樣子。

「小鳳仙！」晨欣興奮的大喊，朝著小鳥奔去，不過她被一道無形的牆擋住，小鳳仙跟她各自在牆的兩端。小鳳仙的身體下出現一根樹枝，牠停在上面。

「想不到我還可以看到你！太高興了！」晨欣開心的看著牠。

「是嗎？」小鳳仙開口跟她說話，牠歪著頭看她，口氣冷淡。

晨欣一愣，「當然啊！你好像不高興看到我？」

小鳳仙轉過頭，整理背上的羽毛，沒有回答。

「那時候，我每天上學回家，第一件事就是去找你玩，讓你在我的手上走來走去，還餵你最喜歡的瓜子，教你講話，唱歌給你聽，你都不記得了嗎？」

「那是剛開始，後來就沒人來看我了。」小鳳仙語氣哀傷，橘色的雙頰也顯得黯淡。

小鳳仙說的沒錯，她跟弟弟明昊一開始滿腔熱情，早上上學前會特地早起先去餵小鳳仙，兩人搶著跟小鳳仙玩，還會爲了要教小鳳仙講什麼話吵架呢！可是後來就沒勁了，不要說特別早起，連進入客房看牠都嫌懶。

「對不起，」晨欣臉一紅，「我那時候年紀小，不懂事，新鮮感退去後比較少去看你。」

小鳳仙又啄啄自己的腳，無視晨欣的話。

「媽媽都有給你水，餵你食物，可是你有一天忽然就死了，我當時眞的好傷心，哭了好幾天啊！」晨欣想起那天放學回家，功課寫完後，想起好久沒跟小鳳仙玩了，沒想到一進客房，發現小鳳仙已經躺在鳥籠裡死了。晨欣現在想來，還是記得當時震驚傷心的感覺。

「不是有水、有食物就好了啊，你們讓我待在一個可怕的房間，又暗又悶熱，我想要有清新的風，能夠好好的呼吸；想要有窗戶，可以看到陽光，可是都沒辦法。我因此生病不舒服，直到死去。」小鳳仙說。晨欣可以感覺到痛苦還在小鳳心的靈心裡徘徊。

「原來是這樣。對不起，我都不知道你受這麼多苦……」晨欣低聲的說。小鳳仙難過又怨恨的情緒包圍著她，她也讓自己後悔又疼惜的情緒藉著眼淚流進養心池裡。

晨欣哭了好一會兒，抬起頭來看著小鳳仙說，「你知道嗎？媽媽一直都記得你喔，她曾經設計了一件漂亮的晚禮服，胸口有一隻漂亮的鳳凰，她跟我說，那隻鳳凰的靈感就是來自你，鳳凰頭上漂亮的羽毛也是根據你的模樣設計的。」

「眞的嗎？」小鳳仙歪著頭，眼睛亮了起來，語氣也比較輕盈了。

「眞的啊！我拿照片給你看！」晨欣習慣性的伸手去口袋拿手機，猛然想起自己已經死了，物人界的物品沒辦法帶來這裡，但右手卻又在口袋摸到一樣熟悉的東西。

她拿出來一看，是她的手機！

她驚訝的看著手中的手機，抬頭看著五悔，他的臉上也帶著些許訝異，但是又帶著欣慰的微笑。

「想不到你這麼快就養出第一個想要的東西。」五悔微笑著說。

「這個就是信物嗎？」晨欣看著手機。

「還不是，你剛開始有靈力，等到靈力更強，可以挑選對你來說重要的東西當信物。」

「所以我開始有靈力了？」晨欣好興奮啊！

「什麼？你眞的有靈力了？太好了！」艾美的聲音又出現。

「是啊！」晨欣在心裡開心的回答她。

五悔對她點點頭，「是啊，你開始養心了。你反省過去對待小鳳仙的態度，這讓你的心更純淨安寧。做得不錯！」

晨欣被稱讚得有點不好意思，想起自己拿手機的用意，趕快在上面點按，想調出照片，可是都沒有成功。

「專注在你的靈念上。」傾愁提點她。

她不知道靈念是什麼，但是大致可以猜到要善用她的靈力和心念。

她不再用手指在螢幕上亂按，她看著螢幕，想著媽媽那件晚禮服：那天，她進到媽媽的工作室，看見媽媽最近忙著縫製的晚禮服，深藍色的緞面上多了一隻鳳凰。

「哇！」晨欣眼睛一亮，「好漂亮啊！」

「眞的嗎？你喜歡？銀色的鳳凰會不會很奇怪？」媽媽的手撫著鳳凰，似乎不太有自信。

「不會啊，我覺得很有創意耶！」晨欣眞心的説，她看了看，「這隻鳳凰是不是有點像小鳳仙？牠是亮灰色的，跟銀色很接近，尤其鳳凰頭上的羽毛形狀跟小鳳仙好像啊！」

媽媽的臉色忽然明亮起來，有種被了解的歡喜。「想不到你看出來了。對啊，我在做這隻鳳凰時，就是想著小鳳仙啊！牠是一隻好漂亮、好可愛的鸚鵡啊！」

看媽媽難得這麼開心，晨欣拿出手機，「來，我幫你拍一張。」

媽媽把臉湊向衣服上的鳳凰，綻開靦腆卻又有自信的微笑，晨欣按下快門。

晨欣腦海中再度浮現媽媽的笑容跟那隻銀色的鳳凰，手中的手機也亮了起來，螢幕上出現一模一樣的影像。

「這裡，你看！」晨欣趕快把相機拿到小鳳仙的面前，很怕自己的靈力不夠，影像隨時會消失。

「是媽媽！」小鳳仙的語氣有點激動，「她是當時唯一天天來餵我食物跟水的人。」小鳳仙再看看禮服上的鳳凰，「眞的耶，跟我有點像。不過牠身上那個亮亮的銀色也太俗氣了，頭上的羽毛還有點樣子，不過我還是覺得我的羽毛比較長、比較翹，好看多了！」

晨欣忍不住笑出來，想不到小鳳仙這麼自戀。

晨欣跟小鳳仙在這裡聊了好一會兒的天，艾美催了好多次她都不理，一直到五悔跟大壯提醒他們該回去了，她跟小鳳仙才依依不捨的道別。

「你之後隨時都可以過來，有時候會有其他動物使者，但是牠們都會幫你找到小鳳仙的。」大壯說，接著便帶著小鳳仙往養心池的另一頭走去。

「該回去了。今天你經歷了很多事，晚上好好睡一覺，讓心定下來。」五悔帶著她往回走。

「這裡也有日夜？也有月亮太陽？」晨欣看著四周，發現池水的顏色變得更深了。

「養心池的時間跟物人界一樣。不過這裡看不到月亮太陽，沒有氣象變化，只有白晝跟黑夜。」五悔說。

「如果沒有太陽月亮，那如何有白天跟夜晚？」晨欣繼續問下去。

「好問題，很少有人會追問，」五悔看她一眼，「養心池的光芒跟黑暗來自每個靈心，靈心的光明面匯集成白天的光彩，而靈心的陰暗面則集結成夜晚的漆黑。白天的時候，引心使者們努力幫著靈心們養心，他們得到靈力的同時，也散發出正面的光芒。但是，心也會有累的時候，也會有產生負面情緒的時候，這些感覺會累積成爲夜晚的黑暗，那時我們便希望靈心休息。只要在這個世界裡，黑夜跟白晝的力量平衡，靈心就能相安無事。」

晨欣點點頭，覺得還滿有哲理的。

「那滯心澤呢？那是什麼樣的地方？」晨欣再問。

「那是一個終極邪惡的世界。」五悔的表情嚴肅，「巫煞是那裡的控制者，被他糾纏上的靈心，將永遠被黑暗的意念壓制消磨，直到全部消失，只剩下全然的邪惡黑暗。」

「快問他，滯心澤在哪？」艾美焦急的催促。

「你說我媽媽被帶去那裡，我不能讓她變成那樣，我要去救她，我要怎麼去？」晨欣也很著急。

五悔沒有回答她的問題，而是停下腳步，「你的養心點到了。你現在有了靈力，可以給自己一個簡單溫暖的地方了。我們先離開，明天再過來。」

「哎，你不能讓他們走啊，快問出怎麼去滯心澤！」艾美喊著。

五悔跟傾愁已經消失在眼前。

晨欣可以感到艾美的急躁，但是她也沒辦法，她專注在自己身上。

養心池還是一整片湛藍，到處可以看到點點靈心發出冥光，同時晨欣也可以認出哪裡是她的養心點，跟之前去過養心池其他的地方都不一樣。她無法具體說出哪裡不同，但是用心便可以感覺出來。

晨欣想到安樂的大房子，漂亮是漂亮，但是她不覺得是自己想要的地方。什麼樣的地方是自己想要的呢？她想到自己的房間，不是她生前剛搬去、位於內湖的大樓，而是他們一家人以前住的地方，那個和媽媽一起住的房子。

她眼前一道光芒閃現，熟悉的房間出現在眼前，搬到內湖不過幾個星期，可是她覺得好像一輩子沒見到自己舊家的房間了。媽媽曾經在那張床上講故事給她聽，在桌上跟她一起畫畫，教她功課；爸爸曾經陪她在地上拼一千片拼圖，幫她在牆上釘書架；弟弟曾經跟她搶著床上小熊圖案的毯子，這些東西統統都在，只是人都不在了。晨欣忍不住流下眼淚。

她躺到床上，拉起毯子，腦海想著這天遇到的新朋友們，想著家人，想著自己，以爲滿滿的思緒一定會失眠，沒想到很快就睡著了。

第十章 艾美・物人界

艾美整晚都沒睡。

今天發生太多事了，回想起來令她冷汗淋漓。

中午晨欣出事的時候，艾美用法力把一部分的意識放入晨欣的靈心中，跟著她去養心池，艾美的本意是要去找張伯，詢問打開木盒密門的方式。

但是隨著意識離開她越久，她越心驚。這個意識的想法離她越來越遠，「他」有自己的想法，艾美無法控制「他」。她可以感覺到，「他」焦躁、急迫且沒有耐心，一直想去滯心澤，表面上是想幫助晨欣，但是有一部分的想法，是艾美不知道的。

有些事，她早就應該知道，卻一直不肯承認。她不肯承認自己處理不了，不肯承認自己變了。

艾美得到晶心後，雖然解決身上的痛苦。但是後來艾美發現自己使用法力時，內火所產生的顏色，從原本的紫色變成了暗紅色，她明白這個晶心在解決她身上痛苦的同時，把更黑暗的力量給了她，改變她的法力，也影響了她的意識。

她以爲自己控制得了，也以爲自己控制得很好，沒想到卻在不知不覺中接受了這個黑暗的力量，接收了這個力量帶給她的影響。她一直覺得自己想去找張伯，是因爲她是木盒的新主人，理應要知道怎麼往返神異界；她鼓勵晨欣去滯心澤，是因爲她要幫晨欣去救媽媽，就像她兩年前去神異界救媽媽那樣神聖。但是隨著那個意識離她越遠、越久，「他」的影響力變得比較薄弱，艾美現在終於看清，另外的那個意識，或者該說是「他」，其實就是晶心附加在她身上的那個力量。

「他」當初鼓動她找張伯，其實是有更深的意思，「他」是爲了可以拿到開啓木盒密門的方法，進出神異界，進而主宰這兩個世界。而現在，「他」知道滯心澤的存在，更是一心一意想去滯心澤，但是完全不是爲了晨欣著想，而是出於私心和其他目的。只是不管艾美怎麼努力跟「他」連結，想知道「他」的意圖，「他」都沒有回應，只是告訴艾美：「要幫忙晨欣救媽媽」，但是艾美清楚知道事情沒這麼簡單。

另一方面，那朵冰水仙一直在她的眉心前輕晃，提醒她：使者們知道她違反界法的事，三日後就要來拿走她的法力。難道她眞的要讓他們拿走自己的法力，回復成沒有法力的普通人嗎？

她一方面覺得捨不得，一方面又明白違反規則理應受罰，而且若不讓他們取走法力，難不成要讓其他使者把她的靈心帶去養心池？不，她還不想死啊！

而晨欣已經死了。艾美想到這就胸口發麻，胃裡翻滾。晨欣是她這次回臺灣認識的好朋友，現在卻已經去了冥靈界，而且那個邪惡的「他」還黏附在她的靈心上。

艾美千思萬想，不知道怎麼辦比較好，也不知道要跟誰討論。她想到白狐狸精——天決，當初他幫忙艾美取得晶心的力量，不過他現在正陪他的媽媽，也就是艾美違反界法，讓她死而復生的紅狐狸，兩人一起回到中國，探望她以前生活的森林。

艾美過去遇到事情會跟劉家人討論。他們都是動物精，擁有不老的生命，但是動物精死後就灰飛煙滅，不會投胎轉世，所以也不會知道冥靈界的使者和界法，是幫不了她的。

另一個原因是，當初她要找晶心，劉家人的態度就很保留，並不贊成用邪惡的力量取代邪惡的力量，怕艾美會爲此付出更多的代價，可是當時狀況緊急，迫於無奈，只能讓艾美這麼做。現在這件事果然超出艾美所能控制，她不想要劉家人知道。

艾美凝望窗外，遠處的山在夜幕下隱身，連輪廓也看不到。倒是城市的燈整夜不滅，路燈、車燈、霓虹燈，都在跟黑夜對抗。房間也是暗的，只有眼前的冰水仙晶瑩透亮，再一次提醒她，還有兩天無愳和三恕就會來找她，拿走她的法力了。

第十一章　晨欣．冥靈界

晨欣醒來時，過了好一會兒才想到自己在哪。她坐在床沿，想著自己的現狀，感覺有點悲傷，不知道爸爸跟明昊現在怎麼樣？

「你醒了。」艾美的聲音傳來。

「是啊。」晨欣隨口回答。她低頭看，腳踝的黑褐色傷勢已經好多了。

「今天你一定要讓五悔帶你去找張伯，一定要問出滯心澤在哪！」艾美急迫的說。

她連用兩個一定，讓晨欣又升起一股反感。

「艾美，爲什麼你那麼想去滯心澤？」晨欣直接的問。

「我……」艾美愣了一下，「你媽媽在滯心澤受苦，不能在這裡養心，實在太讓人難受了！」

「你又不認識我媽媽，也沒見過她耶。」

「沒錯，可是我認識你，你是我的朋友，我媽媽以前也被壞人帶去別的世界，所以我可以了解你的焦急啊！」艾美轉換語氣，放低聲調，聽起來誠摯感人。

晨欣沒回應。她是很擔心媽媽，但是不管是使者們，還是新認識的朋友們，都告訴她滯心澤是另一個可怕的世界，而且沒人確切知道這個地方在哪。昨天她遭受的攻擊，還不是巫煞全部的力量，她就無法反擊，還要動員這麼多人救她，想要去救媽媽的想法會不會太一廂情願啊？

艾美看晨欣沒說話，繼續道，「所以我想幫你，你一個人沒辦法去滯心澤，我是你的朋友，我們兩個人一定可以達成任務的。」

「好，我會去問。」晨欣說，但是心裡帶著不安。

晨欣在房裡待了一陣子，她拿出手機，不過如她預期的，所有的按鈕都沒有功用，這裡當然也不會有訊號，她只能讓小鳳仙跟媽媽的照片再次出現。她看著手機裡媽媽的笑容，看著小鳳仙可愛俏皮的模樣，既懷念又心酸。

沒多久，晨欣覺得有些孤單，於是站起身來。

「我要四處走走。」晨欣說。

「五悔不是會來找你嗎？你不是應該待在這裡？」艾美問。

「我想，他如果要找我的話，不管我在哪，他都可以找到我。昨天我在安樂家，他不就找到我了？」晨欣說完便打開房門，走了出去。

她現在還沒有辦法主動聯絡她的新朋友們，只好隨意走走。她想再去找小鳳仙，不過池子裡到處是一片水色，還有點點冥光，她弄不清楚百獸園在哪一個方向，瞎闖了一陣子只能放棄。

接著，晨欣想到使者說，植物死後來這裡當精靈的事，於是她想，不知道可不可以上岸去看看它們？

她不再前後左右行走，仰頭看著上面的水，腳用力一蹬，身體往上升去，沒多久就浮出水面。她發現自己站在水面上，往前踏出一步，但沒有下沉，於是她又踏出一步，再一步。好神奇啊！想不到自己可以像這樣在水上行走，這種感覺真是特別！

四周明亮，天空還是印象中的橘色，她隨意挑個方向，一步一步踏著池面朝向遠山走去，走了好一會兒才來到岸邊。

這養心池比想像中還大。晨欣心想。

這裡跟她來時的岸邊有著不同的景色，一大片綠色草地在眼前伸展，晨欣遠離岸邊，走入草原，好奇的四處張望。這裡的草上面綴滿小花，黃白參雜，遠看這些花好像在晃動，可是又不像是被風吹動的樣子。

晨欣彎下腰仔細看，黃花有十幾片小小的圓形花瓣，白花有三片橢圓的花瓣，看起來是完全不同的花，卻來自同一個植物。更神奇的是，黃花跟白花居然有互動，黃花會對著白花搧動它的圓形花瓣，好像在對它招手，然後白花就會探身過去，用橢圓花瓣去觸摸黃花的花蕊。如果白花不理它，那黃花就會飛起來，像蝴蝶一樣在空中飛舞，然後再度降落，去找另一朵白花玩。

至少晨欣覺得它們看起來在玩。

她覺得有趣極了，蹲在那看了好久。忽然，她感到左手有點痲癢，打開手心一看，一個小杯子出現在手中。

那杯子小小的，大概一個乒乓球的大小，在白底的側邊有圖案，晨欣湊近細看，好像是一張風景照，可是杯子太小了，看不出來是哪裡。

她用手指輕輕觸碰一下杯子，海旭的聲音傳來：「晨欣，你在忙嗎？」

「沒有，我現在在岸上隨便走走。」晨欣回答。不知道爲什麼，她居然有點緊張，她自己都覺得好笑。

「如果沒事的話……我可以去找你嗎？」海旭禮貌的問。

「可以啊。」晨欣說，儘量顯得輕鬆。

「那你告訴我你在哪。」海旭說。

她看看四周，「這裡一片草地，不知道東西南北，地上有很多小小的白花跟黃花，這些花還會跳來跳去！你知道我在哪裡嗎？」

「原來你在那！」看來海旭知道這個地方，「你沿著池岸往前走，會看到一個白色的大石頭，繞過石頭後左手邊有一棵倒影樹，我們在樹下見面。」

「好！」晨欣說完想到一件事，「等等，我現在面對養心池，如果我走回岸邊，那棵倒影樹是往右手邊走，還是左手邊？」

「你說呢？你要自己想想看，還是我直接跟你說？」海旭輕笑一下，口氣有點調皮。好啊，居然測試我。晨欣本來想追問下去，但是海旭勾起了她的好勝心，大不了猜一下，不是往左就是往右，總有一半機會是對的。

「沒問題，我們樹下見！」晨欣硬氣的說。

「我們要去哪？你在跟誰說話？」艾美問。

晨欣把她跟海旭的對話跟艾美重述一次，「反正我在養心池亂闖也找不到張伯，不如四處走走。不過你放心，等五悔來找我時，我一定會問他。」

這次艾美倒是沒再跟晨欣爭論。晨欣鬆了一口氣，先往回走到岸邊，她左右稍微看了一下，微微一笑，馬上就知道要沿著哪個方向的岸邊「往前走」。

她走了好一會兒，一直沒看到白色大石頭，正懷疑自己是不是選錯邊時，就在不遠的前方，一個岩岸地形出現在眼前。在大小灰色岩石之間，果然有一個特別巨大的白石矗立岸邊，格外顯眼。

等她走靠近白石才發現，這岩石上面長滿了許多白色像是地衣一般的植物。

這樣算是白色大石嗎？晨欣有點納悶，她朝著前方看去，果然，前面岸邊有棵大樹，即使隔著一段距離，她也可以看到樹的倒影在湖面上閃爍。

她精神一振，加快腳步往前走。

「你找到倒影樹了嗎？」艾美問。

「我想我找到了。」晨欣回答。

「這個男生好像知道不少事情呢！」艾美說。

晨欣沒有回應。她走近這棵樹，發現它長得很特別，它的根是從岸上的土地長出，在主幹大約一個人高的地方，好像忽然被一陣超強的風勢吹彎了九十度，然後就朝著養心池中心橫長過去。在其中一段比較粗壯的枝幹上，有個男孩坐在上面，正對著晨欣微笑。

「你找到了！」海旭對著晨欣招手，「眞怕你走往另外一個方向。」

「拜託，你說我往前走，樹在左邊，引心使者跟我說過，植物都在陸地上，那我沿著池邊走時，就要確定池岸在我的左手邊。」晨欣說。

「你很聰明，反應快！」海旭讚美。

「謝謝！」晨欣微微一笑，心裡很高興。

「上來！」海旭拍拍身旁的樹幹。

晨欣遲疑了一下，她怕高，也怕走在那種狹窄、兩邊沒有屏障的地方，隨時可能失去平衡，擔心掉下去的感覺讓她很不舒服。

可是她不想在海旭面前示弱，而且自己已經死了，最多在養心池再死一次。雖然她沒聽任何人說過在養心池會不會有死掉的問題。晨欣在海旭微笑的注視下，鼓起勇氣，手腳並用爬上樹幹。

晨欣慢慢保持平衡，在橫長的樹幹上站起身。

好高啊！這裡離地大約一個人高度，她覺得頭很暈，想不到死後，懼高的感覺沒有不見。但是她知道海旭在看她。晨欣努力控制憂心自己會掉下去的恐懼，小心的一步一步朝著海旭走去。

「太好了！」海旭看著她，「我還以為你會怕呢！」

「其實我真的會怕，我有懼高症。」晨欣覺得海旭有看穿她的本事，還是老實說比較好，「你一定會笑我很沒用。」

「不會啊，承認自己的弱點也需要勇氣耶！」海旭拍拍身邊的樹幹，晨欣小心的保持平衡，坐到他的身邊，學他兩隻腳在空中晃啊晃，看到腳下湛藍的池水，她覺得腦袋也有點晃。

「昨天謝謝你救了我。」晨欣看著海旭，再次道謝。

「我自己也不知道哪來的勇氣，反應這麼快。」海旭有點不好意思抓抓頭。

「還好你反應快，不然我就被泥怪抓去了。」晨欣說。

「昨天在安樂家，你說你喜歡看推理類的書？」海旭問，他的聲音讓人覺得放心親近。

「是啊，我特別喜歡看日本推理小說。」晨欣說。她之前收集一整套東野圭吾的書。

「我也是！」海旭的神情變得很開朗，「我很喜歡東野圭吾的書，最近還看了《龍紋身的女孩》。」

「這麼巧，東野圭吾的書我每一本都有！」晨欣也開心的說，「《龍紋身》那系列聽說也很精采，我還沒看過呢！」

「亞芙家有很多書，有機會可以一起去看書，她也是愛書人。」海旭說。

「好啊！」晨欣說。她覺得自己遇到這群人真幸運。

「你看水中的倒影。」海旭指指池面。

晨欣小心的探出頭，看到樹的倒影在水中悠晃，可是卻看不到自己的倒影，也看不到海旭的倒影。

「我們已經沒有生命了，只剩下靈心，所以才沒有影子；樹跟人類不一樣，它們在養心池是精靈，所以才會有倒影。」海旭解釋。

晨欣記得五悔也說過類似的話，她正要問植物來這裡當精靈的意思是什麼，但海旭繼續說，「我們看不到自己的倒影，可是這棵樹的倒影，會接住我們投下的思緒，讓你看到你想看的人。」

「真的？我試試看。」晨欣低頭看，「什麼都沒看到。」

她失望的說。

「你想看你的媽媽嗎？」海旭彷彿知道她的期望，「你說她在滯心澤，這裡看不到滯心澤的任何事物。」

「喔。」晨欣非常失望，不過接下來她換了對象，心裡想著爸爸和弟弟。

下一秒，原本平靜的池面泛起漣漪，晨欣看見爸爸正在開車，不知道要去哪，他的表情嚴肅，臉色憔悴，很疲倦的樣子。他一邊開車，一邊用手抹臉，下巴緊繃。晨欣很熟悉這個動作，當爸爸不安、焦躁的時候就會這樣。自己的死亡，應該給他很大的打擊吧？晨欣心裡黯然。這時水面一個晃動，爸爸的臉震成一個個碎片，消失在水中。

接著，弟弟的身影出現了，弟弟在她的房間裡，抱著那個小熊圖案的毯子，躺在她的床上睡著了。晨欣看著他熟睡的臉，覺得好難過，她伸出手想去碰碰他的臉，手臂卻被人抓住，拉了回來。

第十二章 晨欣·冥靈界

「喂，你差點摔下去了。」海旭拉住她。晨欣回過神，弟弟的臉也不見了。

「我看到我爸爸跟弟弟了。」晨欣說。她淚流滿面，原來死後的靈心也是有眼淚的，也是會心痛的。

海旭點點頭，沒有說什麼安慰的話，只是抓著她的手沒有放開，晨欣感到他手心傳來一股力量支持著她，不管身體還是心理，讓她沒有倒下去。

過了好一會兒海旭才放開她，晨欣抬起頭看著他，「謝謝。」

「你要繼續養心，你的靈力越強，能看到他們的時間就越久。」海旭說。

晨欣點點頭。

她看海旭望著池水專注的眼神，忍不住問他，「那你在看誰？」

海旭看了她一眼，再度過來握住她的手，「一起看。」

晨欣看到了。從長相馬上就可以知道，倒影中的人物是他的父母，他們正在一起吃午飯。桌上兩道菜，一個湯，爸爸夾了一塊肉給媽媽，媽媽搖搖頭似乎不想要，爸爸把肉放回自己的碗，又夾了一隻蝦子，剝了蝦殼放到媽媽的碗裡。媽媽這回微笑了，但是看了蝦子好一會兒才開始吃。

「媽媽知道我最愛吃蝦子，可是我懶得剝殼，她都會幫我一隻一隻剝好。」海旭說。這次換晨欣輕輕捏捏他的手。

「我媽也會幫我剝蝦，」晨欣說，「我奶奶就會唸她，說她太寵我了。」

海旭也回捏她的手。

這是很普通的一頓飯，很家常的場景。但是晨欣知道，對於海旭來說一定感觸很深。他們一起看了一段時間，場景換了，變成學校裡的教室，學生們正在上課，好像在進行某種分組討論。這些應該都是海旭的同學吧？晨欣猜想。這時，影像固定在一個女同學身上，這女生長相清秀，一臉不容侵犯的傲氣，在一個四人小組裡，她自信給出指示的神情，讓人印象深刻。

「她是你的女朋友？」晨欣好奇的問，同時心裡覺得這些學生的制服很眼熟。

海旭搖搖頭，「不是，不過我一直偷偷喜歡她。」

晨欣終於了解，海旭一直專注養心，原來是希望靈力快點增加，能有更多的時間看自己暗戀的女生。

「她的確看起來很漂亮，很優秀。」

海旭凝視倒影好一會兒，「她各方面都很優秀，也學了很多才藝，可是她一點也不快樂。有一次我在學校的倉庫後面看到她在嘔吐，我以爲她不舒服，問她要不要幫忙，她整個人都崩潰了，哭著跟我說了好多話。她跟我說，她的爸媽對她期望很深，希望她芭蕾跳得好，鋼琴、小提琴可以晉級，英文、法語都流利，學校功課更是要每科都滿分，她發現自己的壓力太大了，每次壓力大的時候就會嘔吐，會拔自己的頭髮，不知道怎麼辦才好。她認眞的跟我說，她無法改變爸媽的心態，只有她死了他們才會後悔，還說了好多自殺的方式。

「我不想她死，努力勸她，正準備跟學校的輔導老師說時，沒想到我就先死了。我每天來倒影樹，除了看我的家人，也會來看她，看她是不是還想自殺，甚至偷偷的期望如果她死了，就可以跟我在這裡相會，我們兩個就會很快樂的在一起。」

海旭頓了頓，看著晨欣，「你一定覺得我是個邪惡的人，對不對？」

「我……」晨欣一時不知道怎麼回應，她想了想後說，「我想，我們是人，都會有出現壞念頭的時候，沒人敢說自己一生都不曾出現半點邪惡的念頭。」

「謝謝你的安慰。」海旭低聲說，緊繃的語氣比較和緩了，「這就是我跟你說的，我養心的過程一直卡住的原因。一直到昨天你差點陷下去，我想也不想，馬上抓住你的手，我不希望你死掉……」

「我本來就死掉了啊！」晨欣大笑起來，她發現自己已經接受死亡的事實，現在還可以拿來開玩笑。

「呵呵，我應該說，我不希望你被抓走。」海旭笑笑說。

晨欣點點頭表示理解。

「當時，我想到她。」海旭指指倒影裡女孩的身影，「如果我只認識你一天，就不希望你被帶走，我怎麼可以希望某個認識的人自殺呢？我了解到，我一點也不希望她死，我希望她可以找到方式解決她跟父母之間的衝突，我希望她可以找到眞正的快樂並且放鬆。可能是因為這樣，讓我的靈力有了改變，現在可以有信物了。」

「太好了，你救了我，又養出信物，靈力就更強了。」晨欣真心替海旭覺得開心。

海旭笑了笑，兩人繼續看著倒影，海旭看著女孩自信的神情，衷心希望她能解決心裡的風暴。

過了好一會兒，下課的時間到了，海旭的影像也消失了。

「你來這裡多久了？是跟你妹妹一起來的嗎？」晨欣問，想到海旭的倒影中父母親吃飯時沒有小孩在一旁的情景。

「三個月又十一天前，我跟妹妹坐計程車回家，快到家時，一輛車闖紅燈撞上我們，計程車司機重傷，我跟妹妹當場死了。」海旭說。

「不過至少你們兄妹在一起，也算有伴。」晨欣安慰他。

「是啊，不過海若有時候也很煩。你有弟弟，應該可以知道那種要照顧弟妹的感覺。」海旭苦笑著說。

「是啊。」晨欣想到昨天在安樂家的情景，「你妹妹是不是討厭我啊？」

「海若啊……」海旭搔搔頭，「她本性不壞，就是嬌了一點，她不是真的希望你被抓走啦，她只是擔心我。」

「這我可以理解，你當時這麼做的確很危險。」晨欣說，「我只是覺得她好像有意無意的在排擠我。」

「她的占有欲很強，對朋友也是一樣。來到這裡後，我們認識安樂那群人，她很自然把領頭的安樂當好朋友，也希望安樂把她當成最好、最特別的朋友，可是安樂隨性好客，不會只對海若一個人好，所以看到安樂熱情招呼你，她難免心裡不舒服，你不用理她，她不會對你怎樣。」

晨欣聳聳肩，表示自己不在乎。她念的國中是女校，同學之間的勾心鬥角她看多了。

想到學校，晨欣突然把幾件事情連起來，「你爸爸和媽媽是不是都是學校老師？」

「是啊，你怎麼知道？」海旭驚訝的問。

「我剛剛看見你班上同學的制服，覺得在哪見過，後來想到是我表哥，他和你念同一間學校。他曾經跟我說，他學校裡的老師有一對夫妻，他們兩個小孩同一天出車禍死了，其中一個常常和他一起打籃球。那大概是三個月前的事。」

「你表哥叫什麼名字？」海旭好奇的問。

「朱瑞德。」晨欣說。

「原來是小紅豬，哈哈，好有緣啊！」海旭笑了起來。他細長的眼睛彎彎的，晨欣覺得有種特別的魅力。

「爲什麼叫他小紅豬？」晨欣覺得這個綽號很有趣。

「他沒跟你說啊？哈哈，有一次我們在公園打籃球，一個外國小孩加入我們，他聽我們叫他『瑞德，瑞德』，好奇的問：他的名字叫『red』嗎？大家都笑成一團，從此之後，我們就叫他小紅豬了。」海旭解釋。

「他皮膚很白，每次晒太陽都滿臉通紅，這綽號倒是滿適合他的。」晨欣也開心的笑著說。想不到她跟海旭有共同認識的人，太有緣分了。

這時，海旭碰一下她的肩膀，「嘿，你的使者來了。」

晨欣看向岸邊，果然是五悔。

「來，往下跳。」海旭揚揚眉毛。

晨欣遲疑的看著腳下的池水，好高啊！

「一起！」海旭拉著她的手，晨欣鼓起勇氣，上身前傾，屁股一蹬，整個人往下墜。

她以為自己下一秒要落進水裡了，沒想到卻安安穩穩的站在水面上。

對啊！她怎麼忘了自己之前就是這樣從水面上走過來的？

「我先走了，掰！」海旭對她揮手，朝著池中央走去。

晨欣則朝著岸邊走向五悔，今天五悔沒有綁辮子，隨意的綁了一個低馬尾。

「你看到想看的人了？」五悔微笑的問。

晨欣點點頭，「我看到爸爸跟弟弟。」

「這個叫倒影樹，養心池裡總共有三棵倒影樹，你朋友有告訴你嗎？」五悔看晨欣搖搖頭，繼續說，「這三棵樹各有特別的地方，眼前這棵叫盼望倒影樹，會讓你見到你想見的人，你的靈力越多，看到的時間越久。另外一棵追憶倒影樹，會讓你見到你曾經遺忘的片段，喚醒過去的記憶，可以幫你了解許多事，養心的路上會更明確。第三棵是願望倒影樹，它的倒影使人目眩神迷，行跡幻化不定，有時候出現在養心池畔，有時候出現在丘陵邊，有時出現在山巔上，時機對的時候才能看到它。這時可以跟它要求一個願望，它會達成你的願望，但是倒影也會讓你看到可能要付出的代價。」

「如果看到的代價不喜歡，可以反悔嗎？」晨欣問。

「可以，不過你只有一次機會遇到這棵許願樹，反悔了，就沒有下次了。」五悔說。

晨欣想著許願樹，心裡已經在許願，希望自己運氣好，很快就能看到它。

晨欣說，「對了，我想找一個人，你可以帶我去找他嗎？」

第十三章　晨欣‧冥靈界

「你想找誰？」五悔問。

「不要提到我在這裡！」艾美再一次提醒晨欣。

「他叫張勉。」晨欣伸出手，讓五悔的手跟她的手相觸，讓他看到張伯的樣子。

「你怎麼認識他？」五悔看著晨欣。

「他是我爸爸新家的管理員，我叫他張伯。」晨欣說。

「那你對張伯的了解有多少？」五悔繼續問。

晨欣覺得如果她不多說一些，五悔不會帶她去見張伯。

「你們昨天問我艾美的事，艾美曾告訴我張伯是來自上古時代的人，是上古時代最後一任領皇。他有特殊的能力，壽命比一般人都長，投胎轉世時也會保有前世的記憶。」

晨欣說，「我剛搬到那棟大樓時，他很照顧我，所以我想去看他。」

「我可以帶你去找他，但是他願不願見你，我就不敢說了。張勉來到這裡只想安靜養心，一向不見其他人。」五悔說完領著晨欣往湖心走去，接著他教晨欣如何腳下使勁用力，他們再度沉入池水中。

「五悔現在要帶我去見張伯了。」晨欣在心裡對艾美說。

「太好了！」艾美開心的說。

「可是他說張伯來到這裡只想認眞養心，可能不會見我。」晨欣提醒她。

五悔帶著她在養心池裡行走，晨欣四處張望，池水還是一片湛藍，但是她發現自己開始認得周遭的環境，也有了方向感，不是物人界的東西南北方位，是心裡感覺到方向。像是她去過盼望倒影樹，她的心和這個樹產生了一股連結，日後要再去找盼望倒影樹時便能找到。同樣的，昨天看到小鳳仙的百獸園，她的靈力也可以引導她再度找到。

「我媽媽曾經跟我說，人在投胎轉世前，要先喝下孟婆湯，忘掉前世的記憶，這裡眞的有孟婆湯嗎？張伯一直存有千百年來的記憶，他都不用喝孟婆湯嗎？」晨欣一邊走一邊問。

五悔微微一笑，「這裡沒有孟婆，也沒有孟婆湯，不過有個落忘使者。靈心準備再度發出生命之光時，落忘使者會帶著靈心一起跳入千墜瀑布中。瀑布的水會洗滌你所有的情緒，不管是傷心的、快樂的、悲苦的、嫉妒的、怨恨的，都會被瀑布的水帶走，之前的記憶也會被帶走，讓靈心從最初開始，再度有新生命。」

「那如果我現在自己跳進去千墜瀑布會怎樣？那個瀑布的水能帶走這麼多東西，爲什麼靈心還要辛苦養心？」晨欣問。

「你現在跳下去的話，只會重新回到養心池罷了。瀑布的水只在靈心準備好的時候才有用，在那之前，瀑布的水對你沒有什麼意義。」五悔回答。

晨欣想了想，「是不是就像念完大學後，要參加畢業典禮和拿到畢業證書才算完成。如果中間都沒去上課，沒有成績，就算去參加畢業典禮，也拿不到畢業證書，不算畢業對不對？」

五悔點點頭，「你的比喻倒是有理，以後有人問我，我就用你的方式幫助他們理解。」

晨欣不好意思的笑了笑，「那，爲什麼張伯的記憶不會被瀑布的水帶走？」

「張勉的存在是一個任務。他是上古時代最後一任領皇，當時人類跟神獸大戰，天神出來干涉，後來世界一分爲二，讓人類跟神獸生存在不同地方，不致滅絕。張勉的任務就是確保這兩個世界的平衡，人類和神獸各得其所。張勉本來是一個普通人，但是天神給了他特別的法力，讓他比一般人長壽，這法力也可以抵抗千墜瀑布的靈力，讓他有能力跟記憶繼續保護兩個世界。」

「原來是這樣啊。」晨欣終於了解。

「張勉跟他的太太玉立住在一起。玉立知道張勉可以保有記憶，所以堅持不投胎轉世，一直待在這裡，等著張勉每次肉身死亡後跟他在這裡相遇。張勉後來不管轉世多少次，也都沒再娶妻生子。」五悔補充。

晨欣聽了很感動，這是多麼深刻的感情啊！

她也在心裡跟艾美講這件事，「難怪沒聽說過張伯或張老仙有老婆。」艾美說，聽起來她也很感動。

「就是這裡了。」五悔帶著晨欣在一抹冥光前面停下來。

五悔伸出手掌，掌心輕輕的觸碰這抹光，好像在跟這抹光做某種交流。

「你也這樣做。」五悔說。

晨欣伸出手，學五悔讓自己的掌心碰到冥光。

晨欣感到手心一陣溫暖，細細的麻癢鑽入她的身體。

不久，眼前的冥光越變越大，一個晨欣沒見過的古式閣樓出現在眼前。閣樓的大門打開，一個樣貌約四十多歲的男子走了出來。他個子不高，穿著晨欣沒見過的袍子，神情氣度瀟灑，給人一種宏偉的感覺。

「五悔，他不是張伯啊！你是不是弄錯了？」晨欣小聲的說。

「張勉經過投胎轉世時相貌會變，這是他原初的相貌。他每次回到養心池，都會回到原來的樣子。」五悔說。

晨欣目不轉睛的看著張勉，感覺好奇怪啊！

「兩位請進。」張勉做個邀請的手勢。

晨欣隨著五悔走進屋內。這個前廳不小，裡面的擺設很特別，有點像古裝劇裡的家具，但是又不全然一樣，一些桌椅的造型用的是古木，有著彎曲複雜的線條，但是一些細節卻又另有風格，夾雜另一種現代感。

正當她四處好奇張望時，一個女子走進前廳，她穿著跟張伯類似的袍子，大約也是四十歲上下的年紀。

「玉立，好一陣子不見了，這是晨欣。」五悔跟女子打招呼，「晨欣，這是玉立，張勉的妻子。」

「你好。」玉立和善的對晨欣點頭。

「你好。」晨欣說。她對玉立的第一印象很好，她有雙靈活的大眼睛，體態優雅從容。想到她跟張伯之間那份恆久的愛情，忍不住心中佩服。

四人稍微閒聊一會兒後，張伯對著五悔說，「可以讓我單獨跟晨欣聊聊嗎？」

五悔看了一下晨欣，點點頭，「好，我就在外面等。」

五悔離開後，張伯讓玉立也離開前廳。

張勉來到晨欣的面前，看了她好一會兒。

「艾美，你聽得到我說話嗎？」張勉用銳利的眼神看著晨欣。

原來，晨欣擔心張勉不肯見她，當五悔用手去碰冥光時，她察覺這是五悔跟張勉交談的方式，所以換她用手去觸碰時，就在腦海裡努力傳送出「艾美的意識在她的靈心裡」、「艾美有事要問他，希望他答應見一面」，果然成功了！

晨欣靜默好一會兒，才在腦海裡問艾美。

「我來到張伯的地方，也見到他了，現在我跟他單獨在一起，他問你，可以聽到他的聲音嗎？」晨欣問。

「眞的？你見到張伯了！太好了！」艾美的聲音聽起來很激動，「可惜我聽不到他說話，你可以幫我傳話嗎？」

「好。」

「張伯，艾美的一部分意識在我的靈心上，她聽不到你講話的聲音，可是她聽得到我的聲音，我也可以傳達你的意思讓她知道。」晨欣說。

張伯點點頭，看著晨欣，「艾美要你來找我，有什麼事嗎？」

晨欣轉述艾美的話，「艾美說，你給她的木盒，她不知道怎麼使用，她現在是木盒掌管人，應該要知道怎麼使用木盒。她想問你怎麼開啓密門？」

張伯皺著眉頭，「你幫我問艾美，她後來如何破解身上的毒？告訴她我很擔心。」

過了一會兒晨欣回答：「艾美謝謝你的關心，她說自己已服下用燭陰的心臟煉製而成的晶心，解了身上的毒，現在已經沒事了。你不用擔心。」

張勉的眉頭皺得更深，眼神擔憂，「現在，她一部分的意識跟著你到養心池？」

「是的。」晨欣說。

張勉深思了一下，「接下來我講的話，你不要轉述給艾美聽，也先不要有任何回應，你可以做到的話就點個頭，不要說話。」

晨欣不太懂張勉的意思，不過看他臉色凝重的樣子，她聽話的點點頭。

「好。」張勉說，「我先問你，你覺得這個意識，跟你之前認識的艾美有不同嗎？」

晨欣正要說出她這兩天的感想，看到張勉一根手指放在嘴唇上，於是閉上嘴，用力點頭。

「你說你被車子撞到的時候，艾美剛好在你身邊，所以她這部分的意識才跟著你的靈心來到這裡？」

晨欣再度點頭。

張勉露出不安的臉色，之後停頓了許久。

「你們在聊什麼？張伯有沒有說要怎麼開啓木盒？」艾美開始失去耐心。

「還沒有。」晨欣只是簡短回答。

「那你再問一次啊！還有，你不是要去滯心澤找你媽媽？你也順便問一下張伯怎麼去？」艾美再度催促。

晨欣雖然答應張勉不出聲，但是對於這件事的不安，她覺得也需要讓張勉知道。

「還有一件事，我想問一下。」晨欣開口。

張勉點點頭，「請說。」

「五悔告訴我，我媽媽被帶到滯心澤，我想去那裡找她，艾美說她可以幫我。那個地方在哪？我有可能把媽媽從那裡救出來嗎？」晨欣問，同時眼神明顯暗示她的擔心。

張勉察覺到了，「艾美是不是表現得很積極，一心想要去滯心澤？」

晨欣瞪大眼睛，再度用力點頭。

張勉的臉色更加沉重了。

「怎樣？張伯怎麼說？」艾美聲音又響起。

「他還是沒說什麼。」晨欣簡短回答。

「爲什麼？怎麼搞的？他不相信你的話，不相信我在這？你再去問啊！」艾美的語氣急促，彷彿隨時要爆炸一般。

晨欣覺得自己對艾美的好感越來越少了。

張勉看著晨欣的表情變化，大概可以猜出來怎麼回事。

「艾美在等著我的回答嗎？」張勉問。

晨欣點頭。

「好，下面的話，我一邊說，你一邊轉述給她聽。」張勉說。

晨欣如實告訴艾美，艾美不再催促。

「這要從上古時期的燭陰說起，」張勉緩緩的說，「燭陰是隻黑暗邪惡的神獸，他喜歡吃嬰孩，造成家庭破碎、親人傷心，然後他再吸取人們的悲傷之氣。他喜歡濫殺生靈，造成怨念，然後再用這些怨念當養分，讓自己變得更加邪惡。

「後來他曾脅迫一名人類女子懷孕，要她替他生子嗣，他希望子嗣有自己的法力跟人類的智慧和能力。女子經過三年的懷孕，十天十夜的陣痛分娩，產下了窫窳，但因爲身體遭受巨大的疼痛跟撕裂當場亡故，燭陰把她的屍身當成食物，強迫窫窳吃下去，希望自己的兒子可以跟他一樣邪惡殘暴。

「不過窫窳偏偏個性溫和善良，不愛殺戮，他甚至多次要求他的父改變個性，阻止他去吃嬰孩。這讓燭陰非常憤怒，找來兩個人，一個叫貳負，一個叫危，讓兩人把窫窳抓去山裡綁起來，用火燒他，用石頭重擊他，用鞭子打他，用木棍夾他，燭陰希望他的兒子了解，如果過於軟弱就會被人欺負。

「窫窳在山上哭喊著，期望燭陰來救他，但是他得不到回應，終於受不了凌虐，在極度的痛苦失望中死去。燭陰沒想到這兩人把自己的兒子害死了，一狀告到天神那裡，說貳負跟危無緣無故殺了窫窳。兩人辯解他們是受到燭陰的教唆，可是沒人相信燭陰會害死自己的孩子。天神把兩人綁了起來，囚禁在山裡，同時找來六名巫師，讓他們用不死藥救活窫窳。

「這六名巫師各持有一個玉器，分別放在窫窳的右眼、左眼、右耳、左耳、鼻子、嘴巴上，並將不死藥灑在六塊玉器上，再施予巫法，從眼、鼻、耳、口灌入全身，果眞把窫窳救活了。

「但是窫窳活過來後性情大變，不再是那個溫馴人面蛇身的神獸，他變成龍頭虎身，而且開始攻擊人類，以人肉爲食。他作惡多端，暴戾凶狠，還跟當時一名叫木染倩的女子合作，一起害死它的父，報復當年燭陰對他的手段。他們在燭陰死後，把他的心臟煉製成晶心，然後把晶心藏在氣血洞中。」

「什麼是氣血洞？」晨欣插嘴問。

「氣血洞是一種用人類的血，加上神獸的法力所凝聚出一個非常隱蔽的空間。這個氣血洞後來被艾美找到。」張勉說。

晨欣點點頭，張勉繼續，「木染倩在死前的密簡中提到，窫窳告訴她，晶心可以解燭陰的力量。當時我就覺得奇怪，爲什麼窫窳會這麼好心，告訴木染倩這個消息？他一定別有目的。」

張勉注視著晨欣，晨欣卻感到他的眼光不在她身上，彷彿透過她看著另一個東西。

「艾美的另一個意識，」張勉對著晨欣說，「還是我應該稱呼你，窫窳的另一個意識？你對晨欣做了什麼？」

第十四章 晨欣・冥靈界

晨欣驚訝的看著張勉，一字不漏的把他的話傳給艾美聽。

「我不知道他在說什麼？我就是艾美啊！你不要聽張伯的話！什麼窔窊？我怎麼會是窔窊？」艾美焦急的回答，「晨欣，你告訴張伯，我只是想問他怎麼打開木盒的密門，我也想幫你救你媽媽，只是這樣啊！」

張勉嘆口氣，「晨欣，跟我走。」

張勉首先走出前廳，晨欣不再跟艾美對話，跟著張勉向外走，五悔就在外面。他看到兩人的臉色不對，立刻警覺起來。

「發生什麼事？」五悔問。

「我們一起去追憶倒影樹，去看一段晨欣可能遺忘的記憶。」張勉嚴肅的說。

「晨欣？晨欣？現在發生什麼事？」艾美著急的問。

晨欣其實也不知道，但是她知道現在最好什麼都別說。

他們三人浮出水面，五悔走在前面，張勉在他旁邊。

晨欣看著四周，這個方向是跟之前去的倒影樹相反的方向，他們走了好一會兒，來到一個灰色碎石礫岸邊。果然，這裡有另一棵大樹。

這棵樹長在內陸，並不靠水邊，它比上次那棵樹更巨大，整棵樹幹是白色的，樹葉也是白的，但是白得不蒼涼，茂密的枝葉遮住半邊天，在灰色的地上投下一個巨大的圓形影子。晨欣走上前才看到，這棵大樹在地上的投影，並不是一般黑色的影子，樹的圓形影子像是一個水面，反射出樹枝和樹葉的水中倒影。

「晨欣，你走到樹下，找到地上突起最粗的樹根，然後背靠著樹幹，坐在樹根上，看著樹下的倒影，你就會看到你所遺忘的記憶。」五悔說。

晨欣有點緊張，她走進一大片倒影裡，在樹幹旁找到一塊突起、像是板凳那樣大小的樹根，她坐在上面，背靠著樹幹，面向倒影。

「現在到底怎麼回事？」艾美越來越焦慮，語氣也越來越急躁。

晨欣只是專注在眼前的倒影。

地面上的樹枝和樹葉慢慢的在眼前變化起來，影像旋轉、模糊，最後停下來，變回一灘水的樣貌，在那裡面晨欣看到不同的影像。

她看見自己躺在地上，那是她被車撞倒的時候。她胸口上下浮動，全身無力，處於巨大的疼痛中。一群人在她身邊圍成一個圈，低聲驚嘆，這時艾美推開人群，跪蹲在她的身邊。

「晨欣！」艾美驚呼。

「好痛……」晨欣低聲說。

「晨欣，你不要怕。有人叫救護車了。」艾美握著她的手。

「艾美，我好痛……我不要死……我不要死……」晨欣呻吟著。

艾美的身體一個震動。她好像想到什麼，彎下腰，身體蹲得更低，嘴巴湊到晨欣的耳邊。

「晨欣，你不是想見你媽媽嗎？我讓你去見她好不好？你放心，我有法力，我可以讓你起死回生，你要相信我！你不會記得我跟你說的話，我會用回原法，你不會記得我在這裡。你好好去吧。」

艾美說完微微起身，晨欣看到自己驚恐的睜大眼睛，然後眼睛裡的光芒消失，眼皮闔上。

最後，樹下的倒影也消失。

晨欣相信自己現在的眼神就跟臨死前的眼神一樣驚恐，不敢置信。

晨欣走出樹影範圍，來到明亮的天光下。她覺得好冷。她已經沒有軀體了，還會覺得冷嗎？這種冷不是身體溫度的冷，是心裡的冷。艾美對她做了這樣的事，她的另一個意識，竟然還不斷要晨欣相信自己是來幫她的。

她慢慢的站起來，一步一步緩緩的走到張勉跟五悔的面前，她看到他們的眉頭深鎖，表情沉重複雜，張勉應該把所有事情都告訴五悔了，包括他的猜測。現在，他們從她的眼神跟臉色也可以知道，他們的猜測得到證實。

「晨欣，你爲什麼一直不說話？張伯還說了什麼？」艾美的聲音再度出現。

「艾美，我剛剛去看了我遺忘的記憶了。」晨欣冷冷的說，五悔跟張勉知道她在跟艾美對話，兩人都專注的看著她。

「什麼……什麼遺忘的記憶？」艾美的語氣僵硬。

「我本來可以不死的，是你殺了我。」晨欣咬著牙說，「我都看到了。」

艾美沉默了一會兒，爭辯的說，「你說你想見你媽媽的，我是在幫你啊！」

「我想見我媽媽，不等於我想死，這是兩回事好嗎？」晨欣激動的喊著。

「我跟你說了，我有法力讓你復活，我並不希望你死！你要給我機會。」艾美說。

「什麼叫你會讓我復活？死後復活是殭屍耶！我會被當成怪物耶！」晨欣快氣死了，艾美怎麼講得出這種沒有邏輯的話來？

五悔跟張勉對望一眼，臉色非常難看。

「有什麼方法，可以讓依附在晨欣靈心的意識聽到我們的對話，我們也可以聽到他說的話？」張勉問五悔。

五悔想了一下，「我試試看通心靈，那是最穿透內心的一種靈力。」

五悔一甩頭，綁在腦後的馬尾在空中散開，他伸出手，用食指跟拇指捏出一段藏在黑髮裡的紫髮，然後在髮上輕輕一搓，一圈光芒停留在手指之間，接著這團光芒變得晶瑩剔透，一朵冰桔梗花苞出現在眼前。

五悔食指在拇指上輕彈兩下，冰桔梗盛開，花蕊中彈出兩個光點，一個紫色一個黑色，紫光點跳出來，向左彈到張勉身上，再彈到晨欣身上；黑光點向右，彈到晨欣身上，再彈到張勉的身上，然後兩個光點再各自從兩人彈回到五悔的身上。

一道環形靈氣圍繞在三人之間。

「在靈力消失前所講的話，每個人都可以聽到了。」五悔說。

「你不是艾美，你是窫窳。」張勉首先說。

四下一片安靜，張勉繼續，「當年你鼓動木染倩殺死你的父親燭陰，又把燭陰的心煉成晶心，我想這絕對不是出自你的一片善心。我不知道為什麼你不直接拿取晶心的力量，但是你應該是把自己的力量附在晶心上，當艾美取得晶心時，便趁機附身在她身上控制她，然後又害死了晨欣，跟著晨欣來到冥靈界。你對艾美做了什麼？你到底想要什麼？」張勉問。

「張勉果然厲害，被你看出來了。」艾美的聲音傳來，「沒錯，我就是窫窳。當年，我死而復活，除了外貌跟個性改變外，我還失去大部分的法力，我不能長生不老，也沒有特別的能力，只是別人眼裡的惡獸。但是這不是我的本意啊，都是燭陰的錯！

「我是想得到晶心的力量，可是燭陰的力量太強了，我已經失去大部分的法力，根本沒有辦法駕馭它，所以我把自己最後的法力變成一個意識，投身在晶心中，等待法力強大、足以駕馭晶心的人出現。

「艾美跟其他人找到了我，我馬上就可以感覺出她的法力是幾個人中最強的，只要她願意，就可以接收晶心的力量，得到世上最強大的法力。所以我並沒有對她做了什麼，我做的都是她原本想做的事，我只是幫她而已。

「她不知道怎麼打開木盒，想要問張勉，剛好晨欣思念她的媽媽，所以我推了艾美一把，讓她達成晨欣的願望，同時我也可以跟著晨欣的靈心來到這裡尋找張勉，沒想到晨欣的媽媽被帶去滯心澤，艾美曾經去神異界救自己的媽媽，當然也會希望幫助晨欣去滯心澤救她的媽媽啊！」

「你講的好聽，根本是歪理，」晨欣喊著，「你謀殺我！」

「我說過我會讓你復活的，這不算謀殺。」窫窳回答。

「讓我告訴你，」張勉嚴正的說，「艾美是木盒的主人，她本來就知道如何使用木盒，不需要我教她。她現在之所以不知道是因爲你。你的邪念占據她的心，讓她無法看到木盒的眞相。」

「我說過，我只是幫助艾美，讓她的法力變得更強，沒有什麼邪惡之心，你不要隨便扭曲！」窫窳繼續辯解。

張勉嘆一口氣，不想跟它爭辯。

「那你爲什麼要去滯心澤？」五悔冷冷的問。

「我剛剛說過，不是我要去，我是要幫晨欣。」窫窳堅持說法。

「晨欣會在養心池養心，哪裡也不去。」五悔穩定的說。

「晨欣，你不想救你媽媽嗎？」窫窳鼓吹她，「你忍心讓你媽媽待在那樣的地方嗎？」窫窳的話動搖晨欣的意志，讓晨欣覺得內疚，「只有我有能力可以幫你！」

晨欣的臉上露出迷惘的表情。是的，她希望看到媽媽，也希望媽媽可以在這裡養心，而不是在滯心澤受苦。目前願意幫她的只有艾美，或者應該說，是窫窳！

晨欣的內心猶豫不決。

「晨欣，」五悔面色凝重，「窫窳本性邪惡，控制艾美害死你，他的話你不能信。」

她覺得好難啊，眼光迷惑，一時不能決定。

「不要聽他們的，這些使者貪生怕死，不會幫你找你媽媽！可是我不怕！」窫窳的聲音又傳來。

五悔走過來，用手按住晨欣的肩膀，一股靈力傳進她的體內，「晨欣，他不是眞心要幫你的！」

晨欣感受到五悔的靈力，全身一震。對啊，這個人控制了艾美，害艾美受邪惡心念影響，沒辦法打開木盒，之後又藉由艾美的手殺了自己。被他們發現後眞實身分後，一開始還否認自己是窫窳，被張勉戳破以後才承認。把話說得天花亂墜，聽起來有振振有詞，卻沒有一件事是對的。

晨欣有種醒過來的感覺，「張勉，五悔，你們可以幫我嗎？幫我把窫窳從我身上趕走？」

第十五章 艾美・物人界

晨欣發現了！

艾美掩著臉，跪坐在房間裡。她一直替自己找藉口，說服自己是想幫晨欣去見媽媽，但是她內心深處清楚的知道，那是不對的，那是邪惡的。她居然就這樣讓黑暗的念頭控制自己，下手殺害自己的朋友。

她一直不肯面對這些事，努力相信自己可以控制一切，可以把事情回復得完美無缺；如今，那個晶心的力量承認自己是窶窳。張伯說，她就是被他控制所以才不知道使用木盒的方法。

不能再這樣下去了！

艾美擦乾眼淚，站直身體。她決定誠實面對自己。

窫窳的力量和她並不是完全獨立。當晶心進入她的體內時，窫窳的力量便跟她之前的力量結合在一起，雖然現在他的意識跟著晨欣去到養心池，窫窳的力量還是在艾美的體內。

艾美運起法力，在體內繞行一周，她感覺窫窳的力量與她的力量旋轉、融合，兩股力量彷彿成爲一體。於是艾美再度運起法力，想到她分離意識的方式，可是意識跟法力是不同的東西，她無法把不同的法力分開，這並不是像蛋糕上她不喜歡吃的罐裝櫻桃，只要挑起來就好，比較像是蛋糕裡面已經攪進麵團的蛋，她無法分開兩者。

難道眞的要放棄所有的法力，才能阻止窫窳的力量繼續控制她？

艾美伸出手指，準備觸碰眼前那朵漂浮的冰水仙，卻感到手臂一陣冰冷痠痛，舉到半空就癱軟了下去，沒碰到冰水仙，只戳了鼻子一下。

「你在幹麼？」一個冷冷的聲音出現。

艾美記得，當初她要拿晶心時，就是這個聲音跟她對話，那聲音原來是窫窳。

「這個法力已經超過我能控制了。」艾美也冷冷的回答。她暗暗心驚，發現自己現在全身無法動彈，手指與冰靈花有一段距離，碰不到它。

「艾美，你聽我說，」窫窳的語氣轉爲和緩，用一種哄騙的口吻說：「你不需要害怕，我得到訊息，滯心澤跟養心池是相連的，我現在就在養心池，一定可以找到滯心澤。等我找到巫煞，我們的力量就會更強。你知道巫煞是誰嗎？他是當年救活我的六位巫師之一。他本名巫相，他跟其他巫師把我救活後，對於我性情的轉變非常感興趣，所以常常來問我許多問題，在我身上做了不少觀察跟測試。他說他會去找其他五位巫師，拿到他們手上的玉，他就可以更完整的控制生死。

「他告訴我，他要改名爲巫煞，會想辦法找齊這六塊生死玉，加上燭陰晶心的力量，我們兩個就可以控制人類跟神獸的生死，全世界都會聽我們的。他知道我死而復生後失去了法力，無法殺死我的父，也無法駕馭這麼龐大的黑暗力量，所以他在我身上作法，讓我可以把自己的意識依附在其他事物上，這樣一來，即使我的肉身死了，還是可以靠著意識達成目的。

「我沒有能力殺死燭陰，因此我鼓動木染倩，讓她下手，我則趁機把我的意識跟晶心黏附在一起，沒想到卻被關在氣血洞好幾萬年，直到你打開氣血洞，拿出晶心。當時我知道你的法力最強，你也曾有死而復生，意識分離的經驗，這就是天意！你就是擁有晶心的最佳人選。現在只要我們合作，你運用你的法力，我讓晨欣帶我去滯心澤，找到巫煞，我們就會有無上的力量。」

艾美不說話，全身放鬆，然後運氣集中在右手手指上，她雖然不能動彈，但是可以感到法力在指尖上流轉。她指尖對著冰水仙，射出一道暗紅色的內火，光芒才碰上花朵，冰水仙馬上快速旋轉，然後啵的一聲，冰水仙在眼前消失，同時無愳出現在她的面前。

「你在幹麼！」窫窳憤怒的聲音傳來，艾美馬上覺得全身劇痛。

不同於之前跟動物精或神獸對抗，對方的法力來自體外，現在窫窳啓動晶心的力量，在她的體內對她攻擊，是完全不一樣的方式。

艾美在體內運氣施法，對著那股力量反擊。那股力量對著她的肉體施力，艾美反擊時雖然是對著晶心，但是著力點也是她的肉體，她覺得自己的每一滴血液都要沸騰，每一條肌肉都要碎裂，每一根骨頭都要斷裂，每一個內臟都要爆破。

「艾美！你怎麼了？」無愳驚訝的喊著。他受到冰水仙的召喚，知道艾美找他，他今天沒有收心的任務，所以就立刻出現了，沒想到，看到艾美秀氣的臉上滿是汗水，臉部肌肉緊繃僵硬，眼裡盡是痛苦的神色。

「我想……想要去除體內晶……心的力量，窦……窦窳……對我攻擊……」艾美痛苦的回答。

無思不知道詳細情況，但是他很警覺，馬上運起靈力，伸手按向艾美的肩膀。

艾美忽然轉頭朝向無思，眼露凶光，手一揚，一道暗紅光對他射出。

無思按向艾美的手一翻，一朵比較大的冰水仙在手中出現，水仙花的花瓣四散，像是冰刃一樣向著艾美射去。冰花瓣碰上紅色的內火馬上被溶解，化成水氣消散空中，但也化去了內火。

在晶心力量控制下的艾美，射出另一道光，朝著無思胸口而去，無思立刻旋身躲開攻勢。無思是使者，沒有血肉之軀，艾美的法力無法殺死他，但是被打到的話仍會感到痛苦，靈力也會大減，一旦完全失去靈力，就無法自由來去物人界跟冥靈界。

艾美跟無思來回過招，無思得要避開攻勢，同時制住她，但是他不願傷害艾美的軀體，所以雖然靈力強大，卻顯得左支右絀，綁手綁腳。窦窳看出端倪，知道無思施展靈力時會避免對艾美造成傷害，反而有時控制艾美的身形往無思的冰花瓣衝去。他需要艾美的法力跟軀體，也不想毀了她，但是他知道這樣的方式可以干擾無愳，窫窳打算趁無愳手忙腳亂的時候逃走。

無愳射出另一片冰花瓣，朝著艾美的腳踝打去，同時把四片花瓣射向腳踝四周，想將她就地絆住。

窫窳冷笑一聲，再度施法。

艾美感到一股強大的力量在她的胸口聚集，推擠著她，把她的五臟六腑整個上提，用力撞擊，她感到一陣劇痛。

接著，她的身體被力量拉起，雙腳離開地面，身體懸空，一個繞轉後避開冰花瓣，整個人再度被撞擊、擠壓，艾美覺得自己像一具會飛的殭屍，朝著房門口飛去。

就在她的手要碰到門把，準備開門時，整個人在空中停住。

無愳看她的臉上的汗水猛滴，兩眼專注直視，全身微微顫抖，看來，艾美正全力對抗窫窳的力量，不願就此罷手。

「我們要一起離開這裡！」窫窳在艾美的心裡大吼，「你想想我們找到巫煞後，可以得到多少力量？你不是對你的朋友感到內疚嗎？你擁有更多力量後，可以讓她死而復生啊！你還可以改變人的記憶，讓大家忘了她曾經死去。還有，你不想有更強大的法力嗎？想想生死掌控在你手裡的感覺……」

艾美無視窫窳的干擾，用盡全身的力量抗衡，不去轉開門把。不僅這樣，當窫窳逼她射出內火，她的內火也只是往前隨意射出，艾美用力控制自己不轉過身，不把無思當目標。

無思知道艾美正努力反制這個力量，機不可失，正是出手幫忙的時候。他手一揮，十二朵小小的冰水仙向著艾美飛去，艾美全身沒有動彈，這十二朵冰靈花全數射入艾美體內十二處不同的穴道。艾美感到全身冰涼颯爽，輕撫過體內衝撞不止的力量，然後十二道細小的力量迅速展開。

「不要抵抗我的靈力，」無思的聲音從身後傳來，「這股靈力在你體內無法分辨是你的力量還是窫窳的力量，但是你如果與它合作，就可以一起對抗窫窳。」

艾美趕快抓緊機會，再度運氣施法，融合自己的法力和無思的靈力，兩個力道互相幫助，一起抗衡體內窫窳的力量。

終於，在幾次來回的激盪抗拒下，窫窳的力量終於不再攻擊艾美，艾美的身體可以按照自己的意識行動，她一邊運氣調和，一邊讓在空中的身體平安落地。

「艾美，你還好嗎?發生什麼事?」無憫問。

「還好，全身痠痛。」艾美滿臉的疲憊，「我決定讓你帶走我的法力，但晶心的力量突然出現，開始攻擊我……」

艾美把事情的經過講了一遍，無憫專心聽著，同時緊盯艾美的狀況，怕晶心的力量再度發難。接著無憫走到艾美的前面，執起她的手，掌心碰掌心，他緩緩輸入一些靈力，幫助艾美穩定心緒。

「你現在覺得怎樣?還能控制晶心的力量嗎?」無憫問。

「比較好了。」艾美聽起來恢復了許多，「那個力量好像躲了起來，可是我知道他還在，一定是在等待機會攻擊，我不知道怎麼把他從我的法力中分開。」

無憫眉頭深鎖，「那就照之前的計畫，讓我拿走你的法力，你就不會再受到窦窳的攻擊，你的心性也不會再受影響。」

艾美無奈的點點頭。

無憫走到她面前，另一朵冰水仙在手上成形，他對著冰靈花吹了一口氣，水仙的花瓣，裡面的六根雄蕊和一根雌蕊，都像被熱風吹融了一般消失無蹤，只剩下中間圓形盆狀的副冠。這個副冠在無思的掌中慢慢變大，像是一個冰做的大碗。

無思一手捧著大碗，另一手的食指沿著大碗的邊緣上劃了一圈，艾美看到無思劃過的地方呈現晶亮的黃色。

「你先呼吸運氣把內息調好。我等等會把這冰晶花冠送到你體內，它不會傷害你，只會收集你體內的力量。你不要運氣抵抗就不會有不舒服的感覺。」無思說。

「好。」艾美點點頭，她緩慢的深呼吸，讓法力在身體內順暢運行。

無思手一揚，冰晶花冠來到艾美的面前，直接沒入她的胸口，艾美感到胸口一陣冰涼，還有輕微的酥麻。

無思雙手揮動，引領在艾美體內穴道的十二朵小小冰水仙，從她的全身各處吸附法力，一點一點慢慢匯集，像是磁石吸附散在各處的磁粉那樣，然後這些帶著部分法力的小小冰靈花再慢慢從各處往艾美的胸前靠攏。

無思神色凝重，鵝黃色的頭髮隨著他的手勢在空中飛揚，但明明這個房間裡一點風也沒有。艾美感到細細的冰點在身體各處移動，並沒有任何不舒服的感覺。她很慶幸，晶心的力量被壓制住，沒有反抗暴起的意思。

這些小小冰水仙越來越靠近胸口的位置，艾美感到胸口的冰晶花冠產生吸力，讓這些小冰靈花更順暢的靠近。

一股力量在胸口越積越大，艾美儘量保持緩慢持久的深呼吸，終於，那個力量進入冰花冠中。無思臉色稍微放鬆，他手一揮，先收回小小冰水仙，艾美看到十二朵冰靈花離開身體，回到無思的手上。

無思雙手一翻，對著艾美正要收回冰晶花冠時，他全身猛然一震，眼睛睜大，眼底都是驚恐。

「無思，你怎麼了？」艾美緊張的問。

「晶心的力量全力發動攻擊。」無思細瘦的身子用力顫抖。

現在艾美也感覺到了，在胸口聚集的那個巨大力量，正對著無思發動攻擊，用他黑暗的力量侵蝕溶解冰晶花冠。

同時，眼前無思的頭髮，從髮梢開始慢慢變成失去光澤的焦炭，臉色也變得更加難看。

「不！」艾美生氣的大喊。她正想衝過去幫無愳，可是身體再度被控制住，她不僅不能動彈，體內窫窳的力量彈出，把艾美整個人甩向牆角。艾美感到頭昏眼花，全身的骨頭肌肉都傳來劇痛。

她努力支撐，不讓自己昏過去。她想到晨欣因爲她而死，她不能再害其他人了。

艾美不再放鬆身體，她呼吸運氣，運行身體的法力，試圖控制那個力量。

「艾美，」窫窳的聲音再度響起，「你看到了吧？他的力量遠不如我，我們要繼續合作才能得到最大的法力！」

窫窳的力量更加猛烈攻擊。無愳在她胸口放入冰晶花冠，這花冠的靈力連結著無愳，現在無愳一半的頭髮已經變成焦炭了，他全身發抖，努力施展靈力跟窫窳的晶心力量對抗。

艾美不理會腦海裡窫窳的聲音，她使用回原法，試圖回復冰晶花冠被破壞前的狀態，但是沒有用，那個黑暗力量太大了。

艾美運起法力對抗晶心的力量，她再度感到法力施展在自己身上的痛楚，但是她咬緊牙根，努力忍耐。

「放開無思！」艾美對著窫窳大喊！她縮在牆角，無法動彈，全身痛到快散掉了。

「他想收去你的法力。哼，妄想！不自量力的東西！」窫窳輕蔑的說，力道絲毫不減。

「如果……你不放開他，那我就……」

「你就用你的法力對付我嗎？」窫窳冷笑，「不要忘了，你的法力不小，但還是敵不過我。」

「我或許打不過你，不過你需要我的軀體，如果你不放過無思，那……你也得不到我的軀體，大家就一起死！」艾美咬著牙說。她滿頭大汗，衣服都溼透了。

她再度施法，這次加重力道，不僅針對窫窳的晶心力量，而且她還故意施在自己的身體，每一吋肌膚，每一根血管，每一條肌肉，每一個器官都感受到這強大力量的撞擊，劇痛像海浪狂捲過來，一波又一波，她來不及恢復就又再一次被推倒，她覺得自己快要被淹沒了。

此時，她可以感到胸口那個消耗冰晶花冠的力量停住，眼前無思的臉色也和緩一些，頭髮變色的速度也慢了下來。

艾美用盡全力撐著，她知道窫窳聽進去了，他也不想失去艾美這個好不容易找到的目標。

「好！」窫窳終於說話。

艾美感到胸口一陣被撕裂的劇痛，像是一把刀將她劃開，然後她看到無思的花冠被頂了出去，本來閃著黃色晶光的花冠，現在焦黃敗壞，而且花冠上千瘡百孔，彷彿被機關槍掃射過一遍那樣。

無思伸手接回花冠，他的臉色還是蒼白，但是已經沒有剛才痛苦難當的樣子，只是他半數的頭髮都變成焦炭的顏色。他頭一甩，下半部的頭髮像香灰一樣四散，只剩下及肩的短髮了。

「艾美，我以為只要把你的法力拿走就沒事了，想不到你的法力這麼複雜，這個窫窳所控制的晶心力量太大了！我今天沒辦法帶走你的法力。」無思面露難色的搖搖頭。

艾美的身體可以動了，但是她全身疲憊，癱坐在地上。她知道眼下無思制伏不了晶心的力量，而窫窳怕艾美傷害自己，也不會再為難無思。她的法力還不會消失，暫時沒事，但是她已經下定決心，一定要想辦法去除晶心的力量。

「你還好嗎？你還能回冥靈界嗎？」艾美擔心的問。

「我可能……」無愳話說到一半忽然停頓，好像在傾聽什麼。

無愳低著頭好一會兒才繼續說，「我沒事。」然後看著艾美又點點頭。

「艾美。」無愳說，「冥靈界有棵倒影樹，在那裡，靈心可以看到這個世界的人，晨欣正看著你。」

艾美從另外一部分的意識知道那裡有棵盼望倒影樹，可以見到自己想見的人，但是她沒想到晨欣會看到剛才他們與窫窳打鬥的經過。

她對晨欣感到無比的歉意，現在晨欣知道自己的死因了，艾美不知道該怎麼面對晨欣。她心裡千迴百轉。

這時，無愳低聲講了一些話，他抬起頭看著艾美。

「晨欣想跟你說話。」

艾美不知道兩邊居然可以通話，有點遲疑。

「她有引心使者在旁邊幫她，我剛好也在這裡，藉由倒影樹和兩位使者的靈力可以讓你們傳達訊息。」無愳解釋說，「晨欣有話想跟你說。」

艾美想到可以再見到晨欣很開心，不過想到自己對她做的事又很內疚不安，不知道怎麼面對她。艾美考慮了兩秒鐘，還是點點頭。

「我的靈力大減，但還是能讓你們通話，只是你看不到她。」無思說完，用手指輕撫耳後的金髮，一朵冰水仙出現在他的手指之間，這朵水仙看起來不那麼晶亮了，帶著混濁的透明。

無思把冰水仙送到艾美的面前，像上次那樣，冰水仙懸浮在艾美的兩眼之間，無思伸手輕輕一揮，艾美便聽到晨欣的聲音。

「艾美，我可以看到你，你看得到我嗎？」晨欣問。

第十六章

晨欣希望張勉跟五悔幫她把窫窳的意識趕走，但這種事之前從沒有發生過，張勉跟五悔也不知道該怎麼幫她。五悔的手在冰桔梗上一拂，黑、紫兩道光回到他的手心，通心靈被他收回。

「你直接這麼說，窫窳沒有再試圖反抗或干擾你嗎？」張勉問。他擔心窫窳對晨欣有什麼不利的舉動。

「沒有耶。不知爲什麼他都沒動靜。」晨欣回答，她其實也很納悶，一直不斷煩她的窫窳忽然沒聲音了。

「他離開你了嗎？」五悔問。

「他還在。」晨欣感覺得出來，他只是不作聲，並沒有離開。

「他會不會在計劃什麼可怕的事？」晨欣猜測，她試圖跟他對話，可是沒有回應。

「我們去盼望倒影樹，看看艾美的情況。」五悔建議。

三人一起來到之前海旭和晨欣見面的那棵倒影樹，晨欣坐在樹枝上，張勉跟五悔在她兩旁，他們三人看到艾美呼喚無愳出現之後的景象。

無愳、艾美跟窫窳之間的惡鬥讓晨欣看得心驚膽跳。五悔看到無愳失去一半以上的頭髮，暗暗皺眉，他手觸紫髮，另一朵冰桔梗出現，桔梗的五個花瓣朝著影像裡的無愳飛去。

「無愳，我是五悔，我跟張勉、晨欣在倒影樹看到你跟艾美，你還好嗎？」

「我沒事。」無愳的聲音傳來。

「有件事要告訴你，晨欣被車撞倒時，艾美的意識跟著晨欣的靈心過來……」五悔把事情大概告訴無愳。

「原來如此，我本來計劃把艾美的法力拿走，可是沒有成功，窫窳的力量太大了。他纏住艾美，艾美擺脫不了他。」無愳遺憾的說。

難怪窫窳的意識安靜了好一陣子。晨欣心想。原來是全心在跟無愳和艾美對抗。

她看著艾美的努力，摔得全身是傷，心裡覺得很不忍，但是想到自己本來或許有機會活命，艾美卻害死了她，忍不住又心生怨恨。

「我可以跟艾美說話嗎？」晨欣問。她的口氣平淡，帶點冷意。

「晨欣想跟艾美說話。」五悔傳達她的意思。

無愳點點頭。

五悔拿出一朵冰桔梗，送到晨欣額前，懸浮在兩眼之間。「你們可以溝通了。」

「艾美，我可以看到你，你看得到我嗎？」晨欣問。

「我看不到你，可是聽得到你的聲音。」艾美說。她看起來非常疲憊，看來窫窳的力量讓她耗盡心力。

「你……還好嗎？」晨欣問，口氣有點僵硬。

「還好……晨欣，我要跟你說，對不起，我害你這麼年輕就死了，你不該死的，我……」

艾美語氣充滿疲憊不安，還有後悔。

「你害死了我。」晨欣直接的說出來。

「我知道，我知道……對不起，對不起……」

晨欣看著艾美，心情非常複雜。當一個人像這樣向自己誠心的道歉，很難翻臉生氣，直接罵人。

可是在她心底，又不能完全釋懷艾美害死她的事實。

她被車撞倒，可能眞的救不活，但也可能不會死，只是現在都無法知道了。

晨欣沒說話讓艾美又心慌又不安，她看不到晨欣的表情，不知道晨欣怎麼想。

「眞的很對不起，我知道說再多遍對不起也沒用，但是我也不知道該怎麼表達我的歉意……」艾低聲說。

「這不全都是你的錯，你被竅竄控制，所以做出錯誤的決定。」張勉說。晨欣轉頭看，他的眉心之間也有一朵冰桔梗懸浮著。

「是沒錯，但是他在我體內，我就有責任控制他，不能推卸責任。何況我不是犯了什麼小錯，而是結束一個人的性命，生命如此寶貴，這實在太過分了！」艾美心情非常的激動。

「艾美，你能把竅竄趕走嗎？」五悔問。

「我試過了，可是沒有成功，無愳也被我害得很慘。」艾美難過的說。

「艾美，我一直相信你的本心，所以才把木盒留給你，」張勉說，「窫窳的力量或許很強，但是你要相信自己，不能放棄。」

「我對不起晨欣，我不懂怎麼控制自己，也不知道怎麼辦才好，或許，我死了事情就可以解決了！」艾美沮喪的說。

晨欣聽了心裡一驚，她希望艾美死嗎？電影戲劇或小說裡，很多故事的發展就是誰要替誰報仇，一命換一命，可是她眞的希望艾美也離開人世嗎？她腦海裡閃過海旭跟她的對話。那是不一樣的狀況，但是希望別人也死掉的念頭讓人很不舒服。

「艾美，我並不希望你死掉。」晨欣平靜的說。

「玉石俱焚絕對不是最好的方式。」張勉說。

「艾美，死亡不能解決問題！我們再想想別的辦法。」無愳警戒的看著她。

「只有我死了，窫窳的晶心力量才會消失。」艾美悲傷的說。

「艾美，你怎麼會有這樣的想法？」窫窳的聲音響起，帶著不耐，「我們要一起去找巫煞，獲得更強大的法力！」

艾美伸出手來，表情堅定，暗紅色的內火在掌心浮現，在大家驚訝的目光下，她的手一揮，暗紅色光芒籠罩全身，這些光芒覆上周身每一處穴道，滲入體內後消失。艾美把自己的力量由外朝內，從四肢末端，朝著軀體心臟的方向，急速進攻而去。

「艾美，住手！」張勉大喊。

晨欣看她對著自己施法攻擊，下手不留情，也驚訝的屏住呼吸，張大嘴巴。

窫窳的晶心力量在打敗無思冰水仙的靈力之後，再度霸據艾美全身，他本來還在懷疑艾美只是說說而已，而且現在這麼多人看著她，她應該下不了手，沒想到艾美來真的，她施法一點也不手軟。

窫窳大驚，趕忙啓動晶心的力量，擋在艾美的五臟六腑和重要穴道之前，準備承接艾美的力量，像是對抗侵入的外來者那樣，一點一點，把艾美的力量往外推去。

眼看艾美的法力就要被推出體外了，窫窳暗自琢磨，如果艾美沒有了法力，變成普通人，他就更容易控制艾美，不會有這些麻煩事，但是她的身體可能就無法承受晶心的力量，不能不考慮這樣的風險。

就在窫窳全力抵擋艾美的法力，心思轉換之際，艾美往內推進的力量忽然鬆懈下來，窫窳還來不及反應，這股由外向內的力量瞬間消失，像是沒發生過一樣。窫窳正納悶，這時，艾美的體內產生一股強大的力量，猛烈對著晶心的力量施法，往體外推去。

當初艾美沒有戒心的用晶心解除燭陰帶來的痛苦，讓這股力量不知不覺侵入她的身體、意識，最後控制了她，甚至讓艾美做出傷害他人的錯誤決定。等到艾美發現自己無法控制時，她已經無力將這股力量從她身體分開。

不過，當她決定讓無思拿走法力時，她的決心讓一切有了改變。無思雖然沒有成功取走艾美的法力，但是晶心的反抗，以及對無思冰花冠的攻擊，都讓晶心跟艾美的心意背道而馳，導致這股力量不再跟艾美的力量密合了。

艾美意識到這一點，她知道這是很好的機會，千萬不能錯過。尤其，晨欣似乎沒有原諒她的意思，她雖知道不能怪晨欣，可是還是很難過。她抱著姑且一試的想法，反正不成功，自己死了的話或許可以讓晨欣好過些，所以她先用媽媽給她的易裝術，假裝體內的法力完全的空蕩，再用部分的法力從外向內對自己發動攻擊，讓窫窳相信她要自殺。窫窳需要艾美的軀體，當然不允許這種事發生，勢必盡全力阻止，從內對抗艾美的力量。

就在竇窳幾乎把艾美的力量推向體外時，艾美使用回原法，讓體內原本的法力重新充盈，自丹田出發，經過五臟六腑，朝晶心的力量打去。

艾美得到母親莊姝的法力，又有其他動物精的指導，加上自己努力修煉，本身的法力就不弱，竇窳的晶心剛才雖然擊退無思的冰晶花冠，無思的靈力在所有使者中也不是最強的，但他畢竟是養心池的使者，經過多年修行，冰水仙的力量強大深厚。竇窳的晶心在跟他對抗的過程中，仍是受到不小的損傷，要完全恢復到十成的法力需要一點時間。沒想到艾美馬上從內向外反擊，竇窳感覺到晶心受到極大的衝撞，雖然一時之間不會被艾美消滅，但是正一步步被逼出體外。

「艾美，你快住手！」竇窳大喊，試圖說服艾美，「你不能把我利用完就把我踢開，我們要一起合作，力量才會加倍！」

艾美不理他，再度使上全力，一步一步，終於把晶心的力量逼出體外。

只見一團暗紅色的霧氣從艾美全身四周散出，這股霧氣迅速聚合，像是一團大雲，對準艾美疾衝而去，試圖再次進入艾美的身體。

艾美深呼吸，調匀體內氣息，再度發動內火。她手一揮，一道紫光出現，對著暗紅霧氣射去，加以阻擋；無愳在一旁看到，知道發生什麼事，於是手一揮射出三朵冰水仙，協助艾美的紫光對抗暗紅霧氣。

暗紅霧氣左右竄進，試圖做最後掙扎，可是氣勢越來越弱，終於在艾美的紫光跟三朵冰水仙的夾擊下消失散去，無影無蹤。

「艾美！你成功了！」晨欣忍不住激動大喊。

「你覺得怎麼樣？」無愳喘著氣看著艾美。

「我沒事，我把晶心的力量趕走了。」艾美說，她的神情疲憊，但是眼睛帶著光彩。

「我們都看到了！」五悔讚許的說。

「艾美，」張勉的聲音傳來，「你之前遇到問題，想的是用另一個問題來解決，這樣情況只會越來越嚴重，讓你越陷越深。現在你下定決心面對，終於找到眞正的答案。恭喜你！」

「謝謝張伯。」艾美不太好意思的說，不過她臉上帶著微笑，感到內心一派輕鬆。

「艾美，你把控制你的邪惡力量逼走，可是你之前做過的事，還是要面對。」無愳一臉凜然的說。

「你還是要把我的法力拿走嗎？」艾美問。

「等等，你們要把艾美的法力拿走？」晨欣語氣驚訝，「她是被窫窳控制，如今她把這個力量趕走了，你們不能再給她機會嗎？」

「你的死跟艾美有關，難道你不生氣，不恨她嗎？為什麼還幫她說話？」五悔雙手胸前交叉，歪頭看著晨欣。

晨欣自己也愣了一下，她眞的都不生氣、不難過了嗎？這不是容易回答的問題。

「我不知道……」晨欣誠實的說，「不過我生不生氣，跟希不希望她受懲罰沒有關係。」

「晨欣，謝謝你。」艾美低聲說。

「你可以把兩件事分開來看，也算不簡單。」五悔點點頭。

「就算她失去法力，我也不能死而復生啊，」晨欣趕忙補充，「不過我也不要死而復生喔！」

「艾美的事還要解決，我們不能就這樣蒙混過去。」無愳口氣堅定，他看著艾美，「不過今天我的靈力大損，冰晶花冠不能承載你的法力，會另外找時間再來找你。」

艾美了解的點頭。

「無愳，你的靈力足夠回養心池嗎？」五悔問。

無愳苦笑的搖搖頭。

「好，你在那裡等我，我過去接你。」五悔說完轉頭向晨欣，「你還有什麼話想跟艾美說嗎？」

晨欣覺得心情複雜，她一時也不知道要說什麼，「你……不要再讓窫窳控制你了。」

「我知道。」艾美低聲的說。

想到晨欣跟自己眞的天人永隔了，艾美再度流下眼淚。

「艾美，你還年輕，有很多挑戰在你面前，但是我相信你有智慧一一解決。多保重。」張勉眞誠的說。

「謝謝張伯。想不到我還可以聽到你的聲音，大家都好想你。」艾美說。

「幫我跟劉家人問好。」張勉微笑的說。

五悔看大家道別得差不多，便收回冰桔梗，倒影樹的影像在大家的面前消失。

第十七章

這天，晨欣被亞芙邀請去她家看書。

「哇！你的書好多啊！」晨欣看她的房子，堆滿了各式各樣的書，滿臉羨慕。

「你喜歡嗎？」亞芙圓圓的臉看起來非常開心。

「喜歡！今天只有我一個人來嗎？」晨欣好奇的問。

「是啊，其他人並不是那麼愛看書。安樂來過一次，覺得很無聊，就不來了。」亞芙笑笑說。

「海旭好像也喜歡看書。」晨欣說。

「對，我也有邀海旭，不過今天他跟他的引心使者有功課要做。」亞芙說。

「哇！你也有東野圭吾的書耶！我以前也有一整套……哇，你還有日文版的！」晨欣驚奇的看著。

「是啊，我住日本的阿姨知道我喜歡他的書，特地買來送我。我到這裡養心後，費了一番努力才養出來。」亞芙一臉珍惜的摸著這些書，「我雖然看不懂日文，但是這樣看著也高興。」

晨欣睜大眼睛，用力點頭，亞芙也很開心自己找到知音。

「這裡是你以前房間的樣子嗎？」晨欣看看四周，覺得這個空間不像一般的住家。

「不是，我是用以前最喜歡的一家咖啡廳當藍圖，我多建了兩面書架，只留一張桌子跟四把椅子。」亞芙說，她向晨欣解釋屋內混合現代和鄉村原木的設計，晨欣覺得很特別。

「你去挑一本書，我去煮咖啡，雖然在養心池不用吃喝，但是聞聞香氣也好。」亞芙走到屋子的另一個角落去。

晨欣滿足的看著排列到天花板的整面書架，心裡暗暗想著：這幾天靈力越來越強，應該也可以幫自己建一面這樣的書牆。

亞芙端了兩杯咖啡過來，果然香味撲鼻。晨欣選了一本書，兩人在桌前坐下。

「你是怎麼來到這裡的？」亞芙看著她問。

「我出了車禍，本來以為是被車撞死的，後來才發現是朋友害死我。」晨欣把經過大略告訴亞芙。

「聽起來好離奇啊！」亞芙輕聲的說，「你會恨她嗎？」

「會吧，」晨欣誠實的說，亞芙溫暖和善的特質，讓她覺得可以自在的講出心裡的話，「她憑什麼自作聰明，害死了我，害我離開我的家人……我很想他們。」

「我也覺得太過分了，有法力卻這樣濫用，好可怕。」亞芙的附和讓晨欣覺得自己被人同理，心情也稍稍放鬆。

亞芙又接下去，「不過你說她一直道歉，這點也很難得。我最討厭有人做錯事，還死鴨子嘴硬不認錯。」

「害死人這種事，也不是認錯就可以改變事實的。」晨欣說，但是心裡某部分不得不承認亞芙所說。或許，這也是讓晨欣雖然心裡不舒服、有怨恨，但是當看到艾美傷害自己時，也不會希望她死掉。

「我們的確不能改變過去，」亞芙說，「不過，有什麼可以在未來改變？」

晨欣還沒來得及思考這句話，忽然身邊的水產生波動，一股力量襲來。

自從第一次在安樂家遇到巫煞的力量後，養心池每一天都會遇到來自滯心澤的攻擊，力道不大，也沒有靈心被帶走，但是並不尋常。引心使者們使用大量的靈力，合力在養心池四周施予保護的屏障，對抗滯心池的力量，沒有讓對方得逞，所以這段日子大家雖然多少感到異常的水波震動，但是沒多久就會消弭。

「哎！又來了。」亞芙皺著眉頭，這幾天他們已經習慣了，不過還是不免覺得這些騷動很煩人。

「應該一下就過去了。」晨欣說。果然，沒多久一切恢復平靜。

只是這個平靜沒有持續多久，突然間整個水波劇烈震盪，書架上好幾本書砸下來，落在地上後消失了。

「我的書！」亞芙大喊。

亞芙滿臉焦急，馬上站起身喚出信物，施展靈力，只見她的小書像上次那樣打開，但是這次書頁沒有被撕下來當武器，只聽她對著小書喊「接住」。晨欣原以爲小書會上前一一接住書架上掉下來的書，結果不是，而是書中有些黑色歪扭交叉的細線漂浮出來，晨欣仔細看，就是「接住」兩個字。看來，距離上一次見面，亞芙也養出更進階的靈力。

亞芙連續喊了幾次，好幾個字飛了出來，在空中接住幾本書。亞芙見狀大喜，繼續喊著「放回書架上」，馬上又有「放回書架上」的字樣出現，果然這幾本書被往上推了推，但是讓書本下墜的力量相較下大很多，這幾個字把書往上推了幾秒就破碎四散。

「不行，我的靈力不夠。」亞芙氣餒的說。

另一波震盪又出現，更多的書本被甩落，亞芙的靈力終究不深，一時手忙腳亂。

晨欣看了很生氣，她雖然還沒有養出信物，但是她的靈力已經不像第一天來到養心池時那麼弱。她看亞芙出手，也依樣畫葫蘆，對著其中一本書，把她的手機像飛盤那樣丟出去。沒想到，手機居然真的接住了那本書。

亞芙反應也很快，她大喊「放回書架上」，這五個字就出現飛過去黏住手機，兩人施展靈力聯手把書送回架上。

在她們合作下，總算救下一部分的書籍。

一會兒後，這股攻擊的力量終於消失，兩人也鬆了一口氣。

「這次怎麼沒有使者出現？」晨欣左右看看。

「通常沒有人受傷或不見，使者們不會出現。」亞芙說，「他們會希望靈心們可以自己養心，養靈力，學會應付各種狀況。」

「有道理。」晨欣點點頭。

亞芙望著書架，「看來，我還要花好多工夫才能把那些書再養回來。」

「你沒問題的！一定很快就能養出新的書。」晨欣安慰她，「你的書上的字句可以有靈力，好強啊！」

「最近才養出來的，」亞芙笑笑，「你也不簡單啊，還沒有信物，就可以自由使用靈力。」

晨欣不好意思的抓抓頭，「我也只能接住你的書而已。」

「還好我們合作成功！」亞芙微笑的說。

這時，晨欣察覺屋外有人找她。

「五悔來找我，那我先走了。」

「喔，好吧！」亞芙的語氣有點不捨，「下次再來，我們一起看書。」

「好，一定！」晨欣保證的說。

第十八章

晨欣走到門外，這次傾愁也在。

「你還好嗎？」五悔問，不過語氣並不是眞的非常擔憂。

「還好，亞芙損失了一些書。」晨欣把剛才發生的事告訴五悔，「其他人都沒事吧？」

「沒事。今天的力量比較大，不過我們有控制住。」傾愁說。

「爲什麼你們不去滯心澤跟他們理論呢？」晨欣忍不住問。

「當然有使者去跟他們溝通，但是期待他們講理是不可能的。」五悔說，「養心池也沒有那個力量可以打敗他們，我們只能養足靈力，保護好自己。」

「你的靈力進步得很快。」傾愁微笑的說。

「你們覺得我什麼時候可以養出信物？」晨欣問。

「快了。」五悔說，「我們先去一個地方。」

五悔跟傾愁帶著晨欣，三人一路聊天，來到岸上一座森林中。這裡樹林茂密，長滿像是松樹的植物。這些松樹高聳入天，上面結滿毬果，密密麻麻的毬果長滿樹枝，非常壯觀，遠看像一串串葡萄。

他們帶著晨欣來到其中一棵樹下，三人一起坐了下來。晨欣抬頭看著這些巨大的毬果，不知道它們是不是也像物人界的毬果一樣會掉下來砸到人。

「你的靈力養成的速度很快，你不希望艾美死掉，不希望她失去法力，不想報復，這樣的態度對你很有幫助。」傾愁說，她紫色的頭髮在明亮的光線下閃啊閃的。

「可是……我還是很氣她害死我。」晨欣低聲的說。

「沒有人會因爲你不原諒艾美而怪罪你，也沒有人會要求你要怎麼做。畢竟她害死你，你氣她、怨她，也是人之常情。不過你的選擇會影響你的心境，而非其他人的心境，這也是你要承擔的。」五悔說。

「那如果我假裝原諒艾美呢？」晨欣好奇的問，她總是喜歡設想各種狀況。

「你可以騙倒我們，騙倒其他人，可是你騙不了你自己啊！」傾愁微微歪著頭說，「你覺得，你的靈力會因爲假裝而增加嗎？」

「不會。」晨欣不好意思的說。

「養心的過程並不是根據一本手冊，做什麼就一定會得到高分，靠的是自己的本心。使者只是幫忙引導你，但是最終養心的是你，做選擇的也是你。」傾愁說。

「那有沒有人不想養心呢？不想養心會怎麼樣？」晨欣又問。

「很少人完全不想養心，在引心使者的引領下，靈心會有養心的方向，知道怎麼幫助自己。當然多少還是會有無法跨過的難題，必須花比較多時間。」五悔說。

晨欣點點頭。這幾天，五悔帶她去了幾個地方，讓她一點一點打開心房，傾訴自己的想法，面對自己的問題。

「最近，你的靈力應該快要養出自己的信物了，對靈心來說，信物的養成是一個重要的里程碑，代表靈力到達另一個層次。信物是幫助你傳達靈力的工具，你可以用它保護自己，也可以用它延伸你的力量。像是你已經知道的功用——讓你跟朋友保持聯繫。」五悔解釋。

「我可以選擇用什麼東西當信物呢？」晨欣問。她記得安樂說，信物不能是有生命的東西。

「信物可以是任何物品，但那樣物品必須對你很重要，這樣你才能跟它有連結，靈力才能貫通。」五悔說。

傾愁補充，「養心池跟其他世界一樣，什麼樣的靈心都有，每個靈心有各自的特質。人死了，不代表他的心地就變得善良，還是存在心懷惡念的人，以及嫉妒、吃醋、怨恨、不平的人，有人可能會故意破壞他人的靈力，所以靈力不僅可以在日後讓你擁有生命之光，同時也可以保護自己。」

「另外，」五悔接著說，「你也看到最近的情況，滯心澤跟養心池處於對立，巫煞心心念念想要這一片天地，有時候會派泥怪過來騷擾我們，所以在養心的過程中養出靈力恐怕也是一種本能，讓我們面對巫煞或其他黑暗力量時可以保護自己。像你剛才提到，如果有人完全不想養心，旁人也沒辦法勉強，但他不僅沒有靈力保護自己，巫煞的力量也很容易接近這樣的人，把他們帶到滯心澤去。」

晨欣了解的點點頭。看起來人死後並非就是平安祥和的極樂世界，還是有很多功課要做。不過有靈力，可以養信物，這點讓她很興奮。

「剛剛說，你快要養出信物，現在我們要協助你最後一步。」傾愁說。

晨欣聽到很開心，想不到她來這裡不久，就可以有自己的信物。

「所以，這些毬果就是要幫助我的嗎？」晨欣問。她現在知道，養心池岸上的奇花珍草都帶有特別的靈力，它們是在這裡幫助靈心養心的精靈。

「它們是會幫你，不過不是現在。」傾愁神祕的說，「五悔有東西給你。」

五悔從長袍裡拿出一樣東西，放在手上讓晨欣看，「這是情緒花瓣。」

晨欣看著花辮覺得眼熟，她想起第一次看到倒影樹前，曾經在一片草原上看到黃花跟白花。

「我看過它們！」晨欣喊道，「黃花會飛去找白花，它們好像在玩喔。」

「小孩心性，」傾愁笑笑，「它們叫情緒花。白花的根長在土裡，吸收養心池裡的水分，因此吸收了靈心的情緒，如果你把它摘下來馬上就會枯萎。黃花來自同一種植物，它一開花後馬上脫離花梗，可以隨處飛揚。黃花的養分來自白花，白花的花瓣會去碰觸黃花的花蕊，把靈心的情緒送入黃花，這就是黃花飛翔的動力。」

「引心使者會取黃色情緒花幫助靈心養心，每一片花瓣含有一種情緒。像我今天手上拿的這片是嫉妒，你把它貼在眉心，它會喚醒你的諸多情緒中屬於嫉妒的那部分。」五悔說，他把花瓣遞給晨欣。

「會痛嗎？」晨欣問。

「不會，但是它引發的情緒會讓你有感覺。」傾愁說。她的語氣輕柔，讓晨欣放心。

晨欣持念定心，手輕輕一揚，花瓣直直朝著眉心射去，小小黃色花瓣一貼上眉心就沒入皮膚，不見蹤影。

晨欣感到一陣清新甜美的感覺直入腦中，然後很快的，心裡湧起一股情緒，帶著酸楚、痛苦，還有不甘心。過往的記憶如潮水般湧現，斷斷續續，有的強烈，有的如輕煙飛過，幾個比較清晰的片段在腦中徘徊。

「你覺得怎樣？」傾愁問。

「嫉妒的感覺好難受啊！爲什麼我不如他們？爲什麼這些人可以得到我得不到的東西？太不公平了！」晨欣咬著牙說。

「我可以看看嗎？」五悔問道，舉起一隻手，晨欣也舉起手跟他相碰，讓五悔看到她的情緒。

幼稚園時，隔壁女同學小齊的髮帶好漂亮，她沒有髮帶，媽媽也不肯幫她買。小學六年級時，她的作文很好，老師拿她的文章參加學校的作文比賽，可是最後卻輸給一個男生，她覺得很不甘心。要升國中時，一個住在隔壁成績不好，人緣又差的女生，因爲游泳游得好，得以申請進入理想的女校，她努力念書卻考不上。奶奶要來家裡小住，她好開心，可是奶奶只顧著哄弟弟，眼裡只有弟弟，重男輕女的態度讓她對弟弟有著難以抹去的嫉妒。

「有情緒是正常的，」五悔說，「重要的是，你怎麼處理這些情緒？」他的手在晨欣額前一揮，花瓣離開晨欣，掉回他的手中。

少了情緒花瓣，晨欣嫉妒的心情沒那麼沉重，只剩下記憶。

「媽媽不讓我買髮帶，可是她後來自己縫了三條不同花色的髮帶給我，同學們都說漂亮，我好開心。我甚至覺得小齊被冷落了有點可憐。」晨欣回憶的說，「那個小六的男同學叫奕軒，雖然我輸給他，但還是得到第二名，我拿禮券去書店買書時遇到他，他跟我說，其實他覺得我的文章寫得很好笑、很有趣，他很喜歡，還恭喜我得第二名，我覺得有點慚愧，後來我們倆成爲好朋友，到國中都保持聯絡。我雖然沒考上理想的學校，可是後來我很喜歡自己的學校，也認識很多新朋友，我心裡沒有遺憾。」

五悔點點頭，「很好。我們無法改變別人的行爲，也不能限制別人的發展，世界上到處都有人比自己強，比自己幸運，如果每次都要因此而嫉妒，甚至生恨，那就是自己侷限自己了。我們可以轉變自己的態度，讓自己更好，更強壯，更快樂。」

晨欣點點頭繼續說，「在弟弟出生前，我是唯一的孫子，奶奶很疼我，後來弟弟出生後，奶奶的重心就放在弟弟身上。甚至直接跟我說，『現在弟弟是家裡唯一的寶貝，要照顧弟弟喔！』我一直很不喜歡奶奶重男輕女，即使現在還是很希望她能多關注我。我承認，這一點我應該會一直在意。」

「很好，誠實面對自己的感覺。人與人間的感情和緣分是很複雜的。誰會愛誰？爲什麼這人愛那人多些？很難講清楚。奶奶因爲弟弟是男生而特別寵愛他，那是她限制了自己的情感，她也因此少給自己愛你的機會，對她來說也是遺憾。」五悔說。

「如果你還有機會跟奶奶說話，你會說什麼？」傾愁柔聲問。

晨欣想了一段時間，「我以前一直想找機會跟奶奶說，我愛她，希望她也愛我，我也是她的孫子，希望她能重視我。不過，我也了解一件事，奶奶是不會改變的，我曾經跟她說，弟弟有生日禮物，我也想要生日禮物。她只是拿一百元鈔票出來，說：『女生也跟人家要什麼生日禮物，拿去買糖果，不要到時候又跟外人說奶奶偏心！』之前媽媽曾經因爲奶奶重男輕女頂撞她，爸爸聽到之後就對媽媽生氣大吼。

「不過現在媽媽死了，我也死了，弟弟一定很傷心，無法接受。他年紀這麼小，就失去兩個家人……還好奶奶很疼愛弟弟，所以如果有機會，我會跟奶奶說，我愛她，請她好好照顧弟弟，陪伴弟弟。」

晨欣說著，想念弟弟和奶奶的心情在胸口繞啊繞，繞出好多眼淚。

五悔拍拍她的肩膀表示安慰，讓她消化一下情緒的波動。

「來，我們試試看，看你的靈力夠不夠，能不能喚出信物。」傾愁等晨欣恢復後微笑的說。

「我可以嗎？」晨欣睜大眼睛問。

「先想一個你要用來當信物的物品。」五悔說。

晨欣歪著頭努力思考，又忍不住問，「選了以後還可以換嗎？」

「選了就不可以換了，所以你要謹慎決定。」傾愁回答。

「我可以選手機嗎？」晨欣問。那是她在這裡第一個擁有的物品，而且她也在亞芙家把靈力成功的施展在手機上。

「當然可以，不過我要提醒你，很多人選手機喔！」傾愁說。

「但也沒規定不能跟其他人一樣啊！」五悔笑笑說。

話雖這麼說，晨欣還是希望可以有自己獨特的信物。書、杯子、包包、電視都有人用了，剛才髮帶的回憶給了她靈感，她知道要選什麼了。

「我選好了！」晨欣輕快的說。

「好，接下來凝神定心，把這東西的樣貌和功用仔細的想一遍，牢牢放在腦海中。然後喚出靈力，跟物品結合在一起。」五悔指點她，「結合心中的想像跟靈力不是那麼容易，要緩慢有耐心。」

晨欣點點頭，開始嘗試。

果然如五悔所警告的，她心裡想像信物的模樣，靈力也在腦海盤旋，卻無法眞正觸及那物品。眞的沒有那麼簡單。但晨欣並不洩氣，一直不斷的嘗試，終於觸碰到邊緣，她持續加強對靈力的控制，終於，她的靈力跟那東西結合了。

「可以了！」晨欣興奮的說。

「太好了，你進步得很快。」五悔稱讚她，「現在，那東西就是你的信物了。試著把信物放在你的手心。」

晨欣點點頭，她施展靈力，一股酥麻感在身體裡旋轉，慢慢的引導至胸口，然後把力量貫行到手上，果然成功了！

「一個粽子？」五悔歪著頭，好奇看著晨欣手上一個綠底、上面帶著花紋的東西。

「你看仔細點，」傾愁白了他一眼，「是個用布做的粽子零錢包，我看旁邊還有拉鍊呢！晨欣，我說對了嗎？」

「沒錯，這是我媽媽縫給我的零錢包，有一年端午節她送給我的。」晨欣微笑的說。

「哈哈，對不起，我先想到吃的，還是你們女人對包包比較敏感。」五悔笑笑說。

「我還想再試一件事。」晨欣說。她再度使力，手一揚，零錢包浮在空中，側邊的拉鍊自動打開，她的手再一揮，裡面掉出一樣事物。

「居然可以耶！」晨欣開心的睜大眼睛，「媽媽給我這個粽子零錢包時，放了一塊玉在裡面，說是祖先傳下來的古董，可以給我保平安。我想著零錢包時也想著這塊玉，想不到眞的成功了！」

五悔看著這塊玉，忽然臉色大變。

第十九章

「你來看。」五悔低聲對傾愁說。傾愁探身去看，表情也變得凝重。

「怎麼了？」晨欣問。

「這……應該就是了！最後的生死玦。」傾愁沒有理會晨欣的問題。

「我也覺得是。」五悔說，「而且，靈心養成信物，通常只有一個物品，可是晨欣卻同時養出兩個，這種事從沒發生過。這塊玉的力量不尋常，我可以肯定，這就是我們要找的那塊玉。」

「不曉得巫煞知不知道？」傾愁口氣擔憂。

「我猜還不知道。」五悔口氣並不確定，「希望還沒。」

「別忘了，晨欣的媽媽被他帶走，說不定他已從她那裡知道玉玦的下落。」

「可是如果巫煞拿到的話，爲什……」

「等一下、等一下，」晨欣忍不住打斷他們的對話，「這塊玉跟巫煞，還有我媽媽，有什麼關係？」

「你知道窫窳被害死又復活的事嗎？」五悔問。

「有，張勉告訴過我，說是有六位巫師，用不死藥讓他復活。」晨欣的記憶力很強，別人講的話和細節聽過就不會忘。

「沒錯，這六位巫師當時用了六塊玉器，分別放在窫窳的兩個眼睛、兩個耳朵、鼻子和嘴巴上，還在上面灑了不死藥，再施以巫術讓他復活。後來這六塊玉就稱之爲生死玉。窫窳復活後性情大變，引起各方災難，天神知道死而復生、違背天道不是一件好事，所以從此把死而復生列爲最大禁忌，不准這類的巫術和法術繼續發展。他收回了不死藥，讓六位巫師各自保管一塊生死玉。」五悔說。

傾愁接著說，「當時，其中一位巫師巫相，他並不死心，一直想要研究這種古老的巫術，想要了解死而復生的方法，控制生死兩界，所以他去找其他五位巫師，試圖說服他們一起研究，可是都被拒絕了。他一氣之下，決定動手搶其他五塊生死玉，雖然他沒有眞的成功，但還是殺死了其中一個巫師，搶了他的生死玉後逃跑。不過巫相在和五位巫師爭鬥過程中也受了重傷，巫術大減，從此隱居起來，暗中等待時機。

「這六塊玉吸附大量的巫術後變得力量無窮，可以掌管生死，但是一定要六塊生死玉聚在一起，力量才會再現。剩下四位巫師原本決定毀了他們手中的生死玉，不料生死玉並不是常人的力量可以毀去，後來四人決定向世界四方走去，將四塊玉藏在不同的地方，用巫術嚴密保護著。

「之後物人界跟神異界分開，物人界的生命死後可以轉世，因此有了養心池的存在，讓靈心準備好再度有生命回到物人界。可是不久之後，我們發現有另一股力量存在，他自稱巫煞，不僅會進犯養心池奪取靈心，藉由吸取他們的負面情緒壯大自己的力量，還建立了滯心澤，畜養泥怪，一開始就有好幾百個。巫煞的力量發展得很快，養心池幾乎被消滅，後來有使者冒險闖入滯心澤，犧牲自己探得消息，才知道這個巫煞就是當年的巫相，他手裡握有兩塊生死玉，不知用什麼方式練成黑暗的巫術，可以控制靈心，吸取他們的幽暗情緒。

「使者們認知到，除了奮力抵抗巫煞外，一定要再找到另外四塊玉，才能對抗巫煞的力量。後來使者們費了好大的功夫，終於找到其中三塊，可是怎麼也找不到最後一塊玉。不過光是這三塊玉就足已增強養心池的力量，讓巫煞無法輕易進犯。」

「所以你們有三塊玉，滯心澤有兩塊，你們有的比他們多啊，爲什麼你們的力量不能制伏他們？」晨欣問。

「這些生死玉的力量不是每一塊都相等的，各有各的特色跟巫術，不能用數學概念來解釋。」五悔嚴肅的說。

「但是最後一塊消失的玉可能就是關鍵。誰先拿到它可能就會讓其中一方的力量壓過另外一方。」傾愁說。

「你是說，媽媽給我的那塊玉，是最後那塊？」晨欣驚訝的說。

「是的，我覺得非常可能，可以讓我再看一次嗎？」五悔說。

晨欣再度喚出信物，一塊玉從粽子錢包裡掉出來，落在她的手心。

兩位使者仔細看了看，同時點頭，「沒錯，就是它。」

「如果這塊玉從上古時代就遺失，你們怎麼知道長什麼樣子？可以馬上就確定？」

「這六塊生死玉放在人的五官，眼睛上的是兩個圓形有弧面的玉，鼻子上的玉是一個立體三角形，可以覆蓋突出的鼻梁，嘴巴上的玉呈橢圓形弧面，中間有一條縫，耳朵上的玉是扁型環狀，環的中間有一道空隙，這叫耳玦。巫煞手中的是一個耳玦，還有搶來的鼻玉，我們找到的是兩個眼玉，還有口玉。最後這塊遺失的生死玉，就是一對耳玦中的其中一塊。我不是說有使者去到滯心澤探聽消息嗎？他除了讓我們知道巫煞的力量強大，持有兩塊玉之外，也讓我們看到這兩塊玉的樣子，所以我們才會清楚知道最後遺失這塊玉的樣貌。」五悔詳細的解說。

「原來是這樣啊……」

「你剛剛說，這塊玉是媽媽家祖傳的？」傾愁問。

「是的。她說我外婆傳給她時曾說，很多祖傳的東西都是只傳給兒子，可是他們的祖先規定一定要傳給女兒，讓它代代傳到不同姓氏的女子手上。當時我只是覺得這個規定好奇怪，不過聽你們這樣說，我在猜，可能當初設下這個規定的人，是爲了讓人更難追查這塊玉的下落。」晨欣說。

「我也覺得你的推理不錯，這塊玉一直下落成謎，可能就是這個原因。」五悔說。

「所以，你們想把這塊玉拿走嗎？」晨欣問，口氣帶著焦慮。

「我知道這是你媽媽給你的東西，但是這塊玉關係重大，如果巫煞先拿到，一對耳玦相逢，加上鼻玉，力量會增大非常多，本來的平衡恐怕就很難維持下去了。」五悔正色說。

「你們誤會了，我不是小氣不想給你們，而是……這塊玉，在我媽媽過世後就不見了。」晨欣說。

「不見了?怎麼不見的?」傾愁問。

「不知道。我們在整理媽媽的遺物時，我跟爸爸說，之前我的錢包拉鍊壞了，媽媽拿去修理，如果找到了要還給我好好收藏起來，可是爸爸說他沒看到。我也曾努力找過，可是怎麼找也找不到。」晨欣回答。

兩位使者一時無語，陷入沉思。

「那現在怎麼辦?」晨欣小聲的問。

「你先不用擔心這些。」五悔冷靜的說，「這是養心池使者的責任，你提供了頭緒，讓我們可以循線去尋找，已經給我們很大的幫助了。」

晨欣點點頭，不過還是沒有很放心，覺得有一些不安的情緒在流轉。

「現在你拿到信物了，我們繼續該做的事。」五悔說。

晨欣想起自己來這裡的目的。

「你先把信物再喚出來。」傾愁說。

晨欣手一伸，小錢包出現在掌心中。她已經可以很快的喚出信物了。

「好，我要你用靈力，把信物送到樹上，然後取你的擒夢果。」

「我的……什麼？」晨欣沒聽清楚。

「擒夢果。這片森林叫夢林，上面那些毬果叫做擒夢果。每一個靈心拿到信物後，可以來這裡取一顆擒夢果，果實上的鱗片能讓你進入你認識的人的夢裡。」

「試試看。」傾愁鼓勵她。

「隨便選一顆嗎？怎麼選呢？」晨欣抬頭看著滿樹的毬果。

「你的信物會幫你選適合的那顆。」五悔說。

晨欣運起靈力，讓粽子錢包在手上出現，她看著眼前的樹林，樹上豐盛的果實閃著光芒，她凝神正念，將手中的錢包往上拋去。

粽子錢包向著高大松樹上的毬果飛去，可是晨欣感覺到自己可以控制這個錢包的方向，有點像放風箏的感覺，只是手上並沒有一條有形的線，靈力便是控制的線。

她讓粽子錢包在毬果間穿梭，在枝幹間爬升，她使用靈力，但是在運用的同時也感到松林中散發某種氣，她嘗試接觸，發現這些氣跟自己的靈力相輔相成，讓自己的靈力更加厚實穩定，自己的能力也更加開闊順暢。

粽子錢包繞過一個個毬果，終於，在一個毬果前停了下來，晨欣使動靈力，粽子錢包在那顆毬果旁環繞，沒多久，毬果自轉起來，最終脫離枝幹。粽子錢包摘下毬果後繼續在毬果旁繞轉，用它的力量帶著毬果回到地面。

粽子錢包把毬果帶到晨欣的面前，她才發現這毬果超級大，長度比她的前臂還長，寬度是前臂的兩倍粗，上面布滿密密麻麻的鱗片，每一個鱗片上都帶著微微的亮光，像是有一層銀粉在上面。她把毬果握在手中，發現一點也不重，好像在拿一顆大氣球。

「取下一個鱗片，」五悔引導晨欣，「把鱗片放在信物上。」

晨欣把手心打開，讓粽子錢包浮在手心上，然後取下一個鱗片，輕輕的把它放在錢包上。

眼前的鱗片忽然變得超級巨大，比晨欣還要高還要寬，而且中間裂開一條縫，向兩邊撐開，現在鱗片看起來像是一道打開的門。

「好，這個鱗片會引導你，帶你進入你需要去的夢裡。」傾愁輕聲的說。

「帶著你的信物進去吧。」五悔鼓勵她。

「你們也會看到我的夢嗎？」晨欣問。

「使者可以看到你的夢境，可是只有你才能進去，跟裡面的人互動。」五悔解釋。

晨欣有點緊張，不知道她會看到什麼，她小心的跨進毬果鱗片的縫隙，然後發現她在奶奶家的客廳裡，她直覺的意識到，這是奶奶的夢境。

奶奶家的電視正開著，聲音吵雜，爸爸、媽媽，還有弟弟都在，一家人認眞的看著電視。

「晨欣呢？」奶奶忽然開口。全家人都繼續看電視，沒人理她。

「你們怎麼不理我？」奶奶口氣非常不高興，「晨欣呢？她怎麼不見了？怎麼你們都不關心？」

「媽，是你不關心。你偏心，晨欣才不想來看你。」媽媽回過頭，訓了奶奶一頓。

「沒有。我才沒有偏心！我才沒有偏心！」奶奶生氣的大喊，可是還是沒有人理她。

晨欣感覺四周氛圍有一些不一樣，然後她意識到，她可以感受到奶奶的感覺。她感覺到奶奶被戳破的憤怒，還有傷心。

忽然，客廳不見了，晨欣來到一個四合院，奶奶變成一個大約七、八歲的小女孩，她蹲在院子角落，遠遠的望著前面兩個年紀比她大的男孩。他們在大口吃著西瓜，天氣炎熱，太陽照得人心浮躁。小女孩模樣的奶奶口好渴，可是沒有西瓜吃，只能遠遠看著哥哥們吃。

一個年長女子從裡面走出來，手裡拿著兩片大西瓜，小女孩迎上去，「媽，我也要吃西瓜。」年長女子面露慍色，「吃什麼西瓜，我叫你去刷拖鞋，刷乾淨了嗎？」

「哥哥他們為什麼不用刷？」小女孩大聲抗議。

「他們是男生，不用做這些，快去做事！」年長女子斥喝著她。

小女孩眼神落寞，走出院子。

奶奶小時候原來也曾被這樣對待，她無奈的接受家人重男輕女的態度，在這樣的環境中成長，自然而然也覺得要這麼對待別人。晨欣感受到奶奶的傷心，因為她也有同樣的感覺。

院子不見了，奶奶在大街上奔走，「晨欣，晨欣！」奶奶四處張望，大聲喊著。路上車子好多，來來往往，奶奶好焦急。晨欣感受到奶奶的心情——奶奶想找到她。

「晨欣啊，奶奶來找你了，你快出來啊！我不是故意講那些話的，你在哪啊？」奶奶感覺不安、緊張，還有傷心。

奶奶的情緒一波一波襲來，晨欣不忍心，大聲叫著，「奶奶，我在這！」

奶奶回頭看到她，又驚又喜，她的眼神帶著笑意和放心，淚水滴了下來。

「奶奶。」晨欣衝上去抱著她，奶奶也抱著她，那個熟悉的擁抱回來了。在弟弟出生前，奶奶常常這樣抱著她，摟著她，她彷彿還可以聞到奶奶身上崖柏的味道，她長年戴著用崖柏做的手串珠，身上永遠散發一股清香的木頭味。

「奶奶不是故意講那些話的，我只是在氣頭上，想不到你眞的跑到大馬路上，而且還被車……」奶奶說不下去，緊緊摟著她，但是也勾起晨欣的記憶。

晨欣想起來了。

那天，奶奶來家裡幫忙，爸爸的廚藝不好，媽媽過世後，她跟弟弟最常吃的是外賣或是冰箱的冷凍水餃。奶奶來了，他們都很開心，因爲可以吃到新鮮現煮的家常菜。

「來來來，飯菜都好了，趕快來吃。」中午奶奶煮了一桌菜，都是她跟弟弟愛吃的，奶奶這次還特別煮了她最愛的麻油炒腰花。

四個人正要開動，爸爸接到一通電話，看爸爸講話的態度，晨欣就失了胃口，她知道是誰打來的。

「Linda啊，你在幹麼？這樣啊……你可以過來吃飯啊，我媽媽煮了一桌菜，有你喜歡的麻油炒腰花喔！」爸爸歡喜的眼睛帶著笑意。她從沒看過爸爸對媽媽講話時有這樣的眼神跟語氣。

晨欣悶著頭，用力扒飯，嘴巴塞滿食物。

「哎呀，你一個女孩子，吃這麼多會胖！」奶奶皺著眉頭。

「你剛剛不是要我們多吃一點。」晨欣沒好氣的說，同時夾了好幾塊大腰花到碗裡。

「你怎麼這麼自私呢？等下你爸爸的女朋友要來，留一些給客人吃啊。」奶奶把盤子拿走。

「奶奶！這是我最愛的腰花耶，我才不要給那個人吃！」晨欣站起身想搶回來，此時爸爸還在客廳跟那個女人說話。

「她以後可能是你的新媽媽，要有禮貌。」奶奶訓斥她，還把她的手撥開。

晨欣一股氣上來，繞過桌子來到奶奶的面前，「她不是我媽媽，我媽媽只有一個，她已經死了！」

晨欣打算搶過盤子，爸爸的心已經是那女人的了，這盤腰花說什麼也不能輸給她！晨欣抓住盤子的一端用力一拉，沒想到奶奶並不放手，結果沒站穩，整個人摔倒在地，盤子也摔成碎片，油滋滋的腰花滿地滑溜滾動。

奶奶氣急敗壞，辛苦煮的食物灑了一整身，一股氣上來，破口大罵，「你媽媽死了，你怎麼不也跟著她去死？沒有良心的東西，哎喲哎喲，痛死我了……」奶奶又罵又怨。

「我的天啊！媽！你怎麼了？」爸爸這時終於掛了電話衝過來。

「你這個不孝的女兒，把我推倒了！哎喲哎喲！」奶奶這時叫得更大聲，「這個死小孩，對老人家動粗！」

「你這是幹什麼？每次Linda阿姨來就使性子！現在還推奶奶！」爸爸氣極了，出手就給晨欣一個耳光。

「啪」的一聲，晨欣的臉又辣又痛，她覺得又委屈又生氣又難過，感覺自己就要爆炸了，她沒有多想，轉身便朝著客廳走去。

「你不道歉要去哪？」爸爸又吼著。

晨欣看了餐廳一眼，弟弟惶恐的看著大家，爸爸眼睛瞪大，隨時會衝上來打她的樣子，而奶奶還是坐在地上，身邊一堆腰花，屋子裡滿滿的麻油味，這是晨欣最後一眼看到大家，然後她就衝出家門了。

晨欣的這些記憶其實只在一瞬間。奶奶的聲音繼續傳來，「我怎麼可能希望你死？你是我的寶貝孫女啊！可是我卻害死你了。我真的沒有要你死啊……」

晨欣感覺到奶奶沒說出口的，是更多的悲傷、遺憾及後悔。晨欣也感到後悔，後悔自己這麼衝動跑出家門。祖孫倆抱在一起，一種清新的感情在兩人之間流轉，裡面帶著溫暖、諒解，還有愛。

「走，奶奶帶你去逛街。」奶奶抹乾眼淚。她拉著晨欣的手，在大街小巷來回穿梭，指著店家一一跟晨欣介紹，還買了好多點心要給晨欣吃。這裡是奶奶的夢，夢中的情景是她記憶中小時候的街景，晨欣沒有經歷過那個年代，一切顯得新奇又懷舊。

祖孫倆說說笑笑，晨欣獨自享受奶奶的關愛，心裡滿滿的感動。

「奶奶，你要不要看我現在住的地方？叫養心池，我帶你去看看。」晨欣心情歡喜，也想讓奶奶看她的生活。

「好啊！」奶奶開心的說。

晨欣正想著養心池，想著要回去，眼前就再度出現那道裂縫。裂縫的寬度只能容一個人通過，晨欣先跨過，然後想伸手扶著奶奶過來，只見奶奶的一隻手已經穿過裂縫，卻聽到傾愁厲聲驚呼：「住手！」同時一朵冰靈花已射來，那是薰衣草。

晨欣感到手腕一陣痠麻，她放開奶奶的手，冰薰衣草的花穗整個散開，密密的覆蓋著裂縫，奶奶的手消失在裂縫中，裂縫復原，巨大的毬果鱗片變回原樣，回到毬果上面。

晨欣不明所以，她看著傾愁跟五悔，兩人的臉上露出驚駭緊張的神色。

「怎麼了？我做錯什麼了嗎？我只是想帶夢裡的奶奶來這裡看看，希望她有個好夢，醒來心情會比較好。」晨欣解釋。

五悔沉吟了一會兒，「靈心可以透過擒夢果進入人們的夢裡，可是也只能在夢裡跟他們對話互動，沒辦法回到眞實的物人界，夢裡的人們也來不了這裡。之前很多靈心像你這樣試過，可是夢境就是夢境，物人界的人無法過來。我們看著你跟奶奶互動的整個過程，可以了解你想讓奶奶看到你在這裡生活的心情，但是沒想到，你居然眞的可以把奶奶帶過來！能來這裡的只有靈心，也就是已經死去的人，如果她眞的被你帶過來了，你知道是什麼意思嗎？」

晨欣覺得頭皮發麻，「你是說，奶奶等於在夢裡死了？被我害死了？」

五悔點點頭，同時又皺眉頭，「是的，所以我們阻止了你。但是，我不知道爲什麼你會有這樣的能力，一般的靈力是無法做到的。」

「會不會是因爲她擁有過那塊失蹤的耳玦？生死玉的確具有特殊的巫術。」傾愁說。

「可是我媽媽也擁有過，我外婆也擁有過，還有上一代，上上一代，都有過那塊玉，她們也擁有那樣的靈力嗎？」晨欣想法轉得快，馬上找出疑問。

五悔想了想，「那塊玉玦是原因之一，但是關鍵還是在你身上。你跟她們不同的是，你的靈心曾被窫窳的意識依附過，而窫窳重生的性命來自那塊玉，兩者之間有緊密的關係。窫窳現在雖然離開你了，但是它也啓動那塊玉在你身上代代相傳的力量。」

「那現在怎麼辦？」晨欣之前不安的感覺更強了。

「你先回養心池繼續養心，我們會跟其他使者討論這件事。最重要的，是找出這塊生死玉現在的下落。」五悔嚴肅的說。

「那這個擒夢果怎麼辦？」晨欣指指手上的巨大毬果。

「先放回樹上，讓它繼續在樹上吸取養分，不然會乾枯而消失。」傾愁說。

晨欣托著果實的手輕輕一揚，施展靈力將毬果往樹上送去，毬果直往上衝，回到它原來生長的地方。晨欣跟兩位使者告別，再度回到養心池中。

第二十章

「這塊玉玦事關重大，一定要找出來。」九思眼睛掃過，口氣堅決。

九思是幾個元老使者之一。當天神把世界一分爲二，讓物人界的生物有生有死，生命可以重新轉世，養心池就同時存在。人們死後，靈心來到這裡養心、養靈力，有幾個人的進展比較快，主動幫助其他靈心，慢慢的，這些人的靈力越來越深厚，得到天神的青睞，於是賦予他們使者的身分，給予不同的責任，讓他們帶領靈心，引領靈心。

使者的身分不是永遠不變的，如果有人打算再有生命，想去物人界走一遭，可以自願放棄使者身分，重新爲人。如果當了使者卻濫用職權，甚至做了傷害其他靈心的事，也會被奪去使者的身分；而一般靈心如果在養心的過程進展順利，靈力足夠的話，也可能被選爲使者，當然中間要經過很多的試煉。

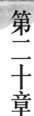

所以千萬年來，養心池的使者們來來去去，像九思那樣留下的使者並不多。他一直是其他使者尊敬的對象，這次玉玦現蹤的事情，九思義無反顧的攬在自己肩上，召集所有使者一起商量如何找到玉玦。

「現在我們手上有三塊生死玉，巫煞手上有兩塊，兩方的力量勉強達到平衡，我們的力量可能略大些，所以巫煞不能爲所欲爲，但是如果他比我們先找到這塊玉玦，平衡將會被破壞，我們就很難制住他了。」九思的表情嚴肅，讓他方正的臉顯得更威凜。

九思有著深褐色的長髮，像是一杯色深味苦的黑咖啡，他綁個低馬尾在腦後，右邊耳後一綹淺褐色的頭髮垂下耳畔，服貼在前胸。

一個暗橘色頭髮的使者問，「剛才五悔說，那塊玉玦就連原本的持有者也不知道下落，我們要如何去找？」她聲音略微尖銳，講話的口氣比較急促。一些使者也有同樣的疑問，有人低聲討論，有人默不作聲。

「根據晨欣的說法，她的媽媽朱彩鳳把錢包跟玉玦拿走，可是她死後，她的先生整理遺物時卻沒有發現這兩樣東西，所以關鍵在朱彩鳳身上。她死前，到底把這兩樣東西放去哪裡？」五悔說。

「這件事好辦。朱彩鳳死了，她的靈心在養心池，我們直接去問朱彩鳳啊！」一個黃綠色頭髮的使者說。他的口氣輕鬆，一副事不關己的樣子。

「朱彩鳳不在養心池，我帶她來養心池的途中就被巫煞劫走了。對不起，是我不好，我無能。」一個絳紅色頭髮的女使者帶著激動的歉意說。

「止怨，現在不是你自責的時候，我們要快點找到玉玦的下落，」九思眼神嚴厲的望向她，「如果浪費太多時間，讓巫煞搶先拿到玉玦，你的過錯就不只是把人弄丟而已。」

止怨抬起頭，迎向九思的目光，噙著眼淚點點頭。

「你去收心的時候，有在朱彩鳳身邊看到錢包跟玉玦嗎？她有提到這兩樣東西嗎？」九思問。

「沒有。我當時完全沒有察覺朱彩鳳跟玉玦有關係。」止怨穩住情緒冷靜的說。

九思點點頭，他其實也猜得到答案，但還是要問一下。這裡的每一個使者都知道養心池的歷史，以及玉玦的樣貌和重要性，止怨也不例外。

「她當時有沒有說什麼？」三恕問。

「朱彩鳳當時的情緒非常悲傷抑鬱，幾乎不言不語，這是自殺之人常有的狀況，當我告訴她她死了，她並沒有解脫的感覺，靈心顯得非常的沉重灰暗。」止怨仔細回憶當時兩人有限的對話，「她問我，人一定要再轉世嗎？當人好苦，她不想再當人了。」

這是厭世之人常有的感覺。使者們當下也不會逼迫靈心一定要再投胎轉世，畢竟要不要再有生命之光，關鍵是個人的意願跟靈力多寡。

「她有提到自己的孩子嗎？」三恕再問。

止怨再度回想，「她說，她有好多話想跟女兒說，可是都來不及了，希望她的女兒看到遺書會懂。」

這句話本來聽起來也很合常理，對死者來說，若在物人界有未成年的兒女通常都會放心不下，但是，她有兒子也有女兒，卻只有話想對女兒說，沒有提到更年幼的兒子，似乎有點奇怪。再對照之前晨欣說的，這個玉玦在他們家族是只傳女不傳子，這是不是意味著朱彩鳳有什麼跟玉玦有關的事情想傳達給女兒知道？

在場的使者都聽出這個關鍵。

「那她的遺書在哪？」另一個使者問。

「她沒有說。」止怨搖搖頭。

「晨欣也沒跟我提到什麼遺書，」五悔說，「我會再去問問。關於她母親之死，晨欣一直迴避不願多說，我跟傾愁還在努力打開她的心房。」

「好，那請五悔使者再去跟晨欣詢問，另外也請收心使者們在物人界走動時，多留意玉玦可能的位置；引心使者們在跟靈心對話時，也多打探是否有人知道更多消息。我也會跟持玉使者報告這件事情，看他們那邊有沒有什麼動靜。」九思看著大家說。

養心池有三位持玉使者，各自守護一塊玉，千百年來靜坐在一個無人打擾的地方。

九思結束集會之後，沿著養心池畔，一邊暗自思索，一邊緩慢走著。這塊玉玦是六塊生死玉中的最後一塊，現在出現了，關係重大，他有責任要把它收回，好好保護。

九思獨自走到一處黑沙地，這裡的細沙是亮黑色，隨著池水輕拍著岸邊，每一顆水珠和岸邊的黑沙相碰撞，就會產生一顆像珍珠奶茶裡面的珍珠那樣的晶黑水珠，晶黑水珠會伴隨空氣上升，飄向岸上的一棵植物。岸邊到處飄著這樣的晶黑水珠。

九思看著如此奇特的景象並不驚訝，只是滿意這一切都平安順利。他順著晶黑水珠的方向走去，來到那棵藤狀植物面前。

附近的晶黑水珠一一奔向這樹，只見滿天的晶黑水珠飄揚，然後墜落在樹上。更精確的說，這棵巨大的藤狀植物正吸取從養心池畔形成的晶黑水珠，用晶黑水珠的力量來成長茁壯。

九思來到植物前，粗壯的樹藤交叉纏繞，緊密結實，樹上的木瘤突出，每一個都像人頭那麼大，滿天飛舞的晶黑水珠碰上木質的樹皮馬上消失。

九思看著樹舉起手，掌心出現一朵冰向日葵。他運起靈力，把冰向日葵送到植物的面前。

「千香樹蔓，藤開果綻！」九思低聲喊著。

只見原本糾結的粗大樹枝向外開展，像一朵盛開的大木花，每一根枝蔓在空中舞動，然後其中一根從樹心拉出一個巨大的果實，這果實呈蛋型，表面是幾乎接近黑色的紫紅色，然後又有兩根枝蔓拉出另外兩個果實，三顆人高的果實高高懸吊在空中。

九思收回冰向日葵，接著取出三片花瓣，把花瓣送到果實上，花瓣一貼上就不見；同時，紫得發黑的果實從中裂開，三位使者走出果實，緩緩降落在地上。

「多慈，正恩，亦慧，三位持玉使者好。」九思微微躬身行禮。

「九思不用多禮。」多慈回答。

「許久不見了，近來可好？」正恩問。

九思沒有回答問題，問道：「最近三塊玉片都安好嗎？有什麼特別的跡象嗎？」

三位同時搖頭，「一切如常。」

「什麼事特地讓九思來這一趟？」亦慧直接問。

九思微微放心，回答，「最近得到最後一塊生死玉的消息，這六塊玉息息相關，力量相連，我只是想知道這三塊玉有沒有感應到什麼？」

「沒有，」多慈肯定的說，「你需要查看一下生死玉嗎？」

「不用了，有三位持玉使者守護，絕對安全。」九思說。

「那塊玉玦在哪？」正恩問。

「一個叫晨欣的女孩是原持有人……」九思把經過告訴三位使者，「我們會努力追查，也麻煩三位使者，如果玉片有任何狀況馬上跟我聯繫。」

「沒問題。」三位使者同時說。

「那我先告辭了。」九思說完再度躬身，三位使者回到千香樹果中，整棵樹和枝蔓再度回復原狀。

在滿天的晶黑水珠中，九思快步離開。

九思才從持玉使者那裡離開沒多久，迎面走來一人，是張勉。

「是你。」

「九思使者不想見到我嗎？」張勉微微一笑。

「什麼事，你說吧！」九思平和的說。他並不討厭張勉，張勉是天神選定，掌管物人界與神異界通道的人，而他則是管理養心池的人，兩人有一定的地位，說話也有一定的分量。不過他們的個性差異很大，行事態度也不同，雖然不到對立的地步，但是他就是無法接受張勉那種讓事情自然發生的態度，對他來說太隨性，也不夠積極。他需要把事情規劃妥當，事實也證明，養心池如今可以維持安寧，三塊生死玉安然無事，以及靈心平安轉世，九思費的心力不少。

「那我就不拐彎，直接說了。」張勉說。他的直來直往九思倒是喜歡。「我想推薦一個幫忙找玉玦的人。」

「請說。」九思雖然情感上並不喜歡張勉，但是他知道張勉的能耐，張勉看人一向很準，如果張勉特別推薦這個人，一定有原因。

這也是九思的優點，不會讓個人好惡影響大局。

「艾美。」張勉說，他看九思皺眉，繼續說下去，「我知道你在意艾美打破養心池的界法，我也跟你說過我的看法。她本性不壞，不需要逼她放棄法力，而且她靠自己的力量把窫窳給趕走，這不是容易的事情……」

「我知道你跟艾美和她媽媽有淵源，但是違反界法就是錯的，不能混為一談。」九思堅決的打斷他的話。

「我可以理解你的想法，所以我才想提出這個建議，艾美既然觸犯界法，你們也希望她養心，何不讓她將功贖罪，讓她去找生死玦？」

「你爲什麼認爲她會去找，而她又找得到呢？」九思問。

「自古以來，很多動物精有法力，可是只有艾美找到來自上古時期的氣血洞，而且一次就找到兩個。這是一個不能忽視的能力，不是每個人都可以做到的。」

張勉講得簡單明白，九思懂他的意思。這的確是一個必須考慮的原因，他得好好想想。

「這千百年來，這麼多使者到處尋訪，不是都沒找到這塊玉玦嗎？現在晨欣的信物出現，有了線索，而晨欣跟艾美有關聯，艾美跟窫窳有關聯，窫窳跟生死玦更有關聯，這些……」

「了解。」九思打斷他的話，「我會想想。」

「九思使者英明。」張勉微微躬身，目送九思離去。他懂得看人，也懂九思，他知道自己不用說太多。

第二十一章

這天，艾美幫外婆去藥房買止痛藥，回家的路上，遠遠就看到三恕的背影，很明顯是在等她。

艾美深呼吸一口氣，這幾天無思沒有來找她，不知道他的傷勢如何？靈力恢復得怎樣？還有，養心池的那些使者們，會怎麼處置她？艾美鼓起勇氣，走向前去。

「艾美。」三恕感覺到她靠近，轉過身來。

「無思還好嗎？」艾美關心的問。

「沒事，多休養就好。」三恕眼光停在她臉上幾秒鐘，淡淡的說。

在遇過的使者中，她覺得三恕長得最好看，淺灰色的頭髮有種難以形容的神祕氣息。但是整個人冷冷的，彷彿拒人於千里之外，在他面前，很自然的不敢輕鬆談笑。

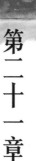

「喔，那你找我是……」艾美看著他的眼睛，這才發現他的眼眸是銀灰色的。

「有件事，需要你幫忙。」三恕說。

「什麼事？」艾美不解的問，有什麼事這些使者不能做到，需要她來做？

「你知道窫窳在上古時期死而復活的事吧？當時，巫師們在他身上用的六塊玉，其中兩塊在巫煞手上，三塊在養心池，而最後一塊生死玉一直沒有下落，長久遺落在世間。最近這塊玉玦有消息了，九思使者想請你幫忙找出來。」三恕說。

「我？如果我知道在哪，當然願意幫忙，可是物人界那麼大，要去哪裡找？還有，爲什麼是我？」艾美問。

「你有你的能力。」三恕簡短的說，「如果你能找到玉玦，九思答應你可以將功抵罪，不拿走你的法力。」

「眞的？」艾美眼睛一亮。

三恕點點頭。

「那玉玦什麼樣子？我要怎麼找？」艾美問，忍不住心想，怎麼老是有人要她幫忙找東西？

三恕手一揚，一朵冰海芋在掌中出現，晶瑩剔透的海芋飄浮到艾美的眼前，艾美看到海芋從一朵花的樣子，變成一塊玉。

這塊玉像是一個玉環，但是旁邊有缺口，像是有人在玉環的一邊用力切斷那樣，整個環像英文字母的C，但是缺口沒那麼大，不到半公分寬。

「這種玉叫耳玦，那個缺口是用來夾在耳垂上的。」三恕解釋。

「這個耳玦上面的刻紋是什麼？」艾美好奇的問。在淺綠色的耳玦上面有著像鳥爪一樣彎曲勾翹的紋路。

「那是上古時候的文字，是一種巫術，你看到的這一塊是巫煞手中的耳玦，現在給你看另外一塊。」三恕說著，艾美眼前的耳玦換了一個。這塊長得跟之前看到的一樣，也是淺綠色，上面有刻紋，但是紋路明顯不同，看起來像是一個個交疊的圓圈。

「把這樣式記下。」三恕說。艾美點點頭，把耳玦的樣子記在腦中。

「第二塊耳玦是晨欣的媽媽留給她的，但是在她媽媽死後，這塊玉不見了。」三恕把事情的大概告訴艾美。

「這塊玉是晨欣的？怎麼這麼巧？」艾美很驚訝。

「朱彩鳳的收心使者說，她死前有留下遺書給晨欣，我們猜測可能跟這塊玉有關。可是我們去問了晨欣，她堅持說媽媽沒有留遺書給她。」

「怎麼會這樣？誰在說謊？」艾美問。

「不知道，也有可能他們都沒說謊，但是這中間有哪個環節偏了。你如果想去找耳玦的下落，可以先從這裡下手。」三恕說。

「我要去哪找遺書呢？」艾美覺得這一點也不簡單。

三恕看了她一眼，眸光清澈，「這朵海芋會跟著你，有什麼事可以找我。」他細長的手指一動一揚，小小的冰海芋飄到艾美的眉心之間懸浮，像之前無悶的冰水仙那樣，然後他便消失在艾美面前。

艾美想了想，決定先回外婆家，把藥袋交給外婆，然後再度出門，來到之前的劉家，也就是現在晨欣爸爸住的地方。晨欣的爸爸應該會知道他的太太有沒有留下遺書。

她上前敲門，但沒人應門，現在是星期三下午，晨欣爸爸應該去上班了。不知道明昊去哪了，晨欣似乎說過弟弟要去上暑期加強班，臺灣的學生要學很多東西，暑假更是忙碌。

艾美只好先回家，等傍晚再過去。

不過晚上舅舅一家人來吃飯，大家說說笑笑，艾美不好意思離開，等到他們回去也很晚了，只好隔天再說。偏偏第二天晚上晨欣爸爸沒有回家，弟弟明昊也不知道去了哪裡，整間屋子沒人。就這樣，一連幾天，她都碰不上晨欣的爸爸，不是自己有事，就是對方不在家。

這天傍晚她吃完晚餐，跟外婆編個理由外出，再度來到晨欣的家。她敲了敲門，還是沒人在，以她的法力絕對足夠破門而入，直接在屋裡等他，但是如果非必要，艾美不想用法力做出犯法的事，而且她爸爸還不見得今晚會回家呢！

或許可以試試分離意識的法力。她看著門把，把意識分出一部分，試圖附在門把上，可是沒有成功。看來門把是沒有生命的物品，不能這樣用。

這時，艾美聽到門後有個非常非常細微的聲音，她運起法力，感受到屋內有一隻動物精，是一隻壁虎。這隻壁虎已經有些許法力，但還沒有人形。

這隻壁虎似乎也感應到艾美，牠慢慢向艾美移動，來到門邊，然後從門縫鑽出來。這隻壁虎體型小小的，睜著一雙大眼睛好奇的看著艾美。艾美也看著牠，發現牠的右後腳有點殘缺，似乎曾受過傷，爬行起來比較緩慢不順。

艾美看這隻小壁虎不怕她，又帶著靈性，開口問，「你在修煉對嗎？你會說話嗎？」

小壁虎點點頭，「會，我這幾天開始可以說人語了。」

「你一直都住在這裡嗎？」艾美問，她之前到劉家時並沒有看到這隻壁虎。

「是啊，好幾年了。不過我喜歡自由，來來去去的，沒有每天都住在這裡。我跟影木很好，喜歡跟著她到處跑，不過也因爲這樣，有一次我跟影木互相追逐玩耍，黑頭以爲我要對她不利，跑來攻擊我，還好我跑得快，沒被牠一口咬掉，但是腳卻被咬傷，離開好一陣子。最近我發現那隻狗不在這了，才又再回來，不過影木已經搬走了。」

難怪艾美沒見過牠。艾美看著牠的右腳，替牠覺得難過。

「不用替我難過，」小壁虎很會察言觀色，「這幾天我不僅會講話，法力也增加得很快呢！」

「太好了！」艾美替牠高興，忽然她靈機一動，「我有事想請你幫忙，我可以把自己一部分的意識分出來，附在你的身上嗎？」

「可以啊！沒問題。」小壁虎很乾脆，膽子也大，語氣很有活力的樣子。

這下，艾美像是把一個偵測雷達放在晨欣爸爸家，隨時可以知道他什麼時候在家。

本來，艾美打算讓小壁虎透過意識告訴她晨欣爸爸的動向，因爲先前她附在晨欣的靈心上時，她無法聽到、看到外面發生的事，只能靠晨欣告訴她。沒想到這次不一樣，可能是在相同世界的關係，雖然艾美還是看不到，但是當她在外婆家看電視時，可以聽到小壁虎四處走動的聲音，蚊子在飛的嗡嗡聲，還有小壁虎吃蚊子的聲音。小壁虎捕蚊的技術好像不佳，難怪牠瘦瘦的。

這天晚上，艾美跟劉家人去逛景美夜市，吃了好多美食，這是每次來臺灣必備的行程。她告訴影木遇到小壁虎的事。

「我叫那隻壁虎小龍，想不到牠還在啊！我們搬家前不久牠消失了，怎麼找也找不到，不然我就會帶牠一起到新家。原來牠躲起來修煉，還會講話了呢！下次你遇到牠，問牠要不要來跟我們一起住。」影木說。

「好，我幫你問。」艾美說。

艾美吃到肚子好撐才甘心離開夜市，回到家洗個澡，倒頭就睡。

半夜睡得正熟，她忽然聽到開門的聲音，然後砰一聲門被關上，腳步聲拖著地，有人走進屋子。艾美的睡意全消，坐了起來，想到有人闖進屋子讓她一陣驚恐。過了幾秒鐘才想到，這些聲音不是來自外婆家，這是她在晨欣家的意識所聽到的聲音。

她大大鬆了一口氣，同時也很開心，終於掌握到晨欣爸爸的行蹤了！她打算起個大早，等到他要出門時，就在大樓門口來個巧遇。

艾美正準備躺回床上繼續睡，這時聽到手機鈴聲，晨欣爸爸的聲音清晰的傳來。

「喂，媽，怎麼這麼晚還沒睡？」晨欣爸爸問。

「睡過一回啦，剛剛做惡夢，嚇醒了。」

艾美聽到老婦人的聲音，語氣帶著抱怨，看來晨欣爸爸把手機調成擴音模式。

「明昊發燒好點沒？」晨欣爸爸問。

原來明昊生病了，去住奶奶家，難怪這幾天也沒見到他。艾美想。

「就燒燒停停，剛剛睡到一半還講一堆奇怪的夢話，眞是邪門哪！致毅啊，彩鳳死後家裡就不乾淨，一堆亂七八糟的事，我打算明天帶明昊去收驚，所以打來問你他的生辰，我記得是十月八日，早上九點是不是？」

「十月八日是晨欣，明昊是八月十日。」晨欣爸爸打個呵欠，回應的口氣滿是疲憊。

「是喔，我拿個筆記一下好了。」

艾美聽到窸窣翻找的聲音。

「八月十日，啊，那就快到了。明昊八成是中邪了，生病一直不好，整天講夢話，說什麼要跟壁虎玩，唱歌給壁虎聽。我跟黃老師約好了，這個黃老師很靈的，上次郭太太的小孫子也是中邪，足足發燒十天，去給黃老師看，喝了符水隔天就好！」奶奶激動的說。

「流感發燒，燒個七到十天本來就會好。」晨欣爸爸很不以爲然的嘟囔著說。

艾美也聽得頭昏，快睡著了。

「你講那什麼話，明昊這次生病這麼久，一定是沖到什麼不乾淨的東西。彩鳳留下的遺書，看了感覺就不舒服，八成影響到孩子。這女人不知道在想什麼，把遺書藏在一堆破布裡，要不是我想看看那些布還能不能用，去翻一下才看到她留下的東西，上面寫了字……」

奶奶講到「遺書」，艾美馬上睡意全消，在床上坐了起來。

「媽，跟你說過不要在孩子面前提起遺書，我刻意不讓兩個孩子知道彩鳳留下遺書的事。」晨欣爸爸的口氣不太高興。

不不不，多說一些。艾美心裡焦急的大喊。

「哎喲，明昊睡死了，不會聽到啦！」奶奶繼續說下去，「遺書上說什麼那塊玉被詛咒，是祖先傳下來的，也不知道眞的假的，你娶到她眞是倒霉。我一直就覺得她這個人八字輕，怪裡怪氣的……」

艾美豎起耳朵專心聽著，可是奶奶只是反覆在埋怨晨欣的媽媽。

「後來你有沒有找到那塊玉？」奶奶終於問到重點，艾美更是專注聽著。

「哎呀，不知道在哪啦，你不是怕他們家的詛咒嗎？要那塊玉幹麼？」

「我哪是怕？她說那塊玉傳了幾千年，一定很値錢，居然從頭到尾不吭聲，不讓我們知道。什麼她只留給晨欣？明昊才是我們家的苗啊！你把玉找出來，我拿去給黃老師去去邪氣就好。」

「那遺書上講得不清不楚的，晨欣也不在了，我去哪找那塊玉啊？媽，時間晚了，你快睡吧，明天我還要上班呢！」

「好好好……我去睡，你也去睡。那遺書你沒丟掉吧？找時間再研究一下。對了，拎刀怎麼一陣子沒來了？」

「遺書沒丟掉，還有我跟Linda分手了。」

「怎麼分手了？分手也好，那女的也太會吃了，上來我煮的絲瓜整盤吃掉，也不問一下別人要不要吃，這樣的人……」

「媽！」晨欣爸爸用力打斷她，「我眞的該去睡了，不然明天上班會很累。」

「好啦好啦，去睡了！」奶奶終於掛了電話。

沒多久，晨欣爸爸也開始打呼，艾美被吵得睡不好，她一直用意識告訴小龍爬去別的房間，可是小龍不聽她指揮，一直在房裡走動。艾美沒辦法，只能努力運氣，用法力讓自己靜心，不去理會震耳的打呼聲。

就在艾美進入沉睡狀態時，小龍的腳步聲再度傳來，這次的聲音非常清晰，跟之前聽到的聲音不太一樣。艾美睜開眼睛時，發現眼前有兩隻眼睛瞪著她。艾美一驚跳了起來，一隻壁虎落在地上。

「小龍！你怎麼在這裡？嚇我一跳。」艾美緩過神，坐在床邊看著跌在地上的小龍。

「我被你震得從床上飛到地上，也不問問我有沒有受傷。」小龍半抱怨的說。

「你沒事吧？」艾美緊張的問。

「沒事！這種半空翻轉落地的技巧我很熟悉，是求生本能。」小龍輕鬆的說。

「那你還講得好像我讓你受傷一樣，害我連嚇兩次。」艾美鬆一口氣，瞪牠一眼。

「我保證你會覺得被嚇一百次也値得。」小龍神祕的笑笑，明亮的大眼骨碌碌的轉。

「什麼意思？」

「你看！」小龍尾巴一指，艾美注意到地上有一小塊布，折疊了起來。

「那是什麼？」

「那是我幫你找到的東西，還不謝謝我。」小龍在布旁上上下下跳著說。

艾美狐疑的撿起來，小心打開，一看臉色大變。

「晨欣爸爸睡著後，我就在他的房間到處翻找，我看過他拿著這塊布在研究，說是遺書。我想，這就是你想找的東西對不對？」小龍說。

想不到小龍這麼快就猜到她的想法，艾美重新看著這隻壁虎，初認識只以爲牠可愛溫馴，原來牠很機靈，有一些小聰明。

「對對對，我要找的就是這個。」艾美開心的說。

「好啦，我費了好多工夫才找到，天快亮了，我要回去休息了。」小龍說。

「好，太謝謝你了。喔，對了，影木很高興我遇到你，她很驚訝你現在會說話了，她要我問你，想不想去新家跟他們一起住？」艾美問。

「不了，我跟明昊的感情很好，他很可憐，媽媽跟姊姊都過世了，我想留在這裡。」小龍說。

艾美點點頭，「好吧，那你多陪陪他，我把我的意識收回來了，謝謝你幫忙。」

「沒問題！」小龍輕鬆的說。

艾美把一部分的意識收回來，小龍轉身，輕巧的從房門下鑽出去。

艾美看著手中的遺書，想了好一會兒，手指輕碰眼前的冰海芋……

第二十二章

「這就是小鳳仙跟我媽媽，這是我媽媽的工作室，」晨欣給大家看手機上的照片，亞芙、海若、海旭、宥秦，大家在安樂的家裡聚會，「這是媽媽幫我做的裙子。」

「我看我看。」安樂一把搶過去。亞芙跟海若也湊上去看。

「剪裁很漂亮，不過裙襬太長了。你的腿很漂亮啊，可以再多露一點出來，還有你太瘦了，要胖一點才能撐起來。」安樂品頭論足一番。

晨欣暗暗覺得好笑，安樂瘦得像減肥過的芭比娃娃，居然嫌她太瘦！

「晨欣這樣瘦不露骨，比例勻稱，是上等美女啊！」宥秦嘖嘖的說。

「講得好像你在市場挑豬肉一樣，」海若白了他一眼，「晨欣啊，我不是在說你像豬喔。」

「喂！」海旭輕聲喝斥妹妹。

晨欣沒有理會。

「你眞的很厲害，才來沒多久，就養出了手機和信物，不簡單呢！」亞芙說，她看著手中晨欣給她的小小粽子錢包。

「是啊，太強了，人有靈氣又美麗，難怪馬上有靈力！」宥秦搖頭晃腦的說。

晨欣搖頭抿嘴偷笑。

「你以爲你在作詩啊！還押韻咧！」海若又白了他一眼，嘆口氣，「唉！我是這裡唯一養不出信物的人了。」

「不要灰心啦，當初我也是養了好久。」安樂摟著海若的肩膀安慰她，「來，這個新的戒指是我最近養出來的，給你！」

安樂把一個亮晶晶的小戒指拿出來，放在海若手上。海若覺得自己受到特別的關照，心情馬上好起來，開開心心的把戒指戴在小指上，五指張開，在眼前左右晃動，非常滿意。

「戒指上的寶石閃亮，可是海若眼睛的神采比寶石更閃亮動人，太刺眼了！我那副從沒用過的墨鏡咧？」宥秦用靈力變出一副墨鏡出來戴上，幾句話讓海若更加心花怒放。

「晨欣，你媽媽有沒有姊妹？」海旭沒頭沒腦的問了一句。

「姊妹？沒有，我沒有阿姨，我只有兩個舅舅。」晨欣說，「你幹麼問這個？」

其他人也好奇的望著海旭。

「那天你說朱瑞德是你表哥，當時並沒多想，後來回去我才想起來，我見過你媽媽。」海旭說。

「我媽媽？」晨欣有點驚訝，「你怎麼見到她的？什麼時候？」

「有一天我們一票人去體育場打籃球，打完一起去吃冰，當時瑞德遇到一個婦人，叫她姑姑，他們稍微聊了一下，那個婦人就離開了。現在回想起來，她應該就是你媽媽。」海旭解釋。

「是我媽媽沒錯！想不到你見過她！是什麼時候的事？你記得她穿什麼樣的衣服？她有說要去哪嗎？」晨欣語氣有點激動，拋出一連串問題。她居然在這裡認識跟媽媽有連結的人，即使是路上相逢的短暫緣分，還是讓她很興奮。

海旭搔搔頭，「我記得那天是跟隔壁學校籃球比賽的冠亞軍賽，我們贏了，所以去吃冰慶功。對，三月八日，婦女節那天中午。」

晨欣臉色大變，愣在那裡。

「怎麼了？」亞芙關心的問。

「你沒事吧？」安樂也睜大眼睛看著她。宥秦也用他的大手在晨欣眼前揮了揮。

「我媽媽就是那天自殺的。」晨欣低聲的說。

大家一片靜默。安樂過來握著她的手。

「那天早上是我最後一次見到媽媽，然後我就去上學了。傍晚回家媽媽不在，我吃過一些點心就去英文補習班，上到一半，老師接到爸爸打來的電話，要我回家，我不知道發生什麼事，回到家才知道媽媽不見了。沒有人知道她去哪。到了半夜，有人在河岸找到她，判斷是自殺。」

「怎麼這麼巧！你們活著的時候有共同認識的人，兩人不相識，現在兩人認識了，可是共同認識的人卻離開了。生命來來去去，緣分真說不準。」宥秦說。晨欣看他平常嬉皮笑臉的樣子，認真起來也是很有哲理的。

「唉，人與人之間的緣分就是這樣，好多陰錯陽差的錯過。」亞芙也嘆口氣。

「看來你們兩個人有緣呢！養心池這麼大，可以遇上很不容易！」安樂說，同時也用力的抱抱晨欣，「我們都是有緣的人，能相遇，還能當好朋友，一定是修來的福氣。」

安樂的微笑滿是親切的安慰，晨欣感到一陣溫暖滑進心裡，沖淡不少傷心的情緒。

「最近滯心澤一直來犯，你們都還好吧？」亞芙問。

「我還好，上次這個大房子差點被毀，嚇死我了！」安樂瞪大眼睛，驚嚇的說，「允恩使者教我怎麼增加防禦的靈力，我今天找你們來，就是想讓大家一起練習一下。」

大家一聽，精神都專注在安樂身上，唯有晨欣還是一直想著媽媽在最後一天的生命裡遇到海旭的事。她忍不住走到海旭的身邊，小聲的問，「我有事想麻煩你，可不可以跟我出去一下？」

「好啊！」海旭回答得很快，應該是對於安樂使用粉餅增加靈力的方式沒有太大興趣。

「我們有事要先走。」晨欣知會大家。

「哥，你要去哪啊？」海若看兩個人要離開，皺著眉頭問。

「問題這麼多，你跟安樂好好學啦！」海旭不耐煩的回答。

「海若，你拿粉餅試試看，可以的話我等下分你一些。」安樂熱絡的拉著海若，轉移她的注意力，同時對晨欣跟海旭兩人眨眨眼，暗示他們快走。

晨欣笑笑，跟著海旭走出大門。

「我有事想請你幫忙。」來到屋外，晨欣語氣誠懇的說。

「什麼事，你說！」海旭語氣很爽朗。

「你說你遇到我媽媽，當時你有聽到她跟瑞德的對話嗎？」晨欣問。

海旭抓抓頭，不好意思的說，「當時我是在旁邊，不過，對不起耶，我不記得了。」

「這樣啊……那你願不願意跟我去追憶倒影樹，找出那段遺忘的片段？」晨欣輕聲問，「我想看看我媽媽。」

「追憶倒影樹？」

「是啊，冥靈界的倒影樹不只一棵喔。」

「原來除了我帶你去的那棵倒影樹，還有另外一棵啊？」海旭驚訝的問，「當然好啊！」

晨欣帶著海旭走上岸，一路聊天來到追憶倒影樹。海旭看到這棵生著白樹幹的大樹，覺得它有種莊嚴的美麗。樹的倒影投射在灰色的石礫地上，形成網狀的影子，走近看才發覺彷彿是水中的倒影。

晨欣拉著海旭的手，兩人一起走進倒影，來到白色大樹幹下。

「這裡。」晨欣指著一塊突出的樹根，她和海旭並肩坐下。

兩個人十指交握，讓靈力交流，海旭看著倒影，專心回想那天的情景。

水面的倒影出現街景，晨欣看到海旭跟幾個男孩走在路上，表哥瑞德也在裡面。

「那些人實在很沒品耶！」其中一個高壯的男孩說。

「對啊，輸了居然就罵髒話，還想打人。」另一個皮膚黝黑高瘦的男孩憤憤的說。

「不要理他們。」海旭說。他在他們之中個子比較矮，這些男孩都喜歡打籃球，平均身高比一般男孩高。

「技術爛還沒水準，下學期全市高中友誼賽，希望不要再遇到他們。」瑞德表哥說。

「我才不怕，來啊！給他們一點顏色看看！」高壯男生揮舞著拳頭說。

「我們用球技贏人，讓他們輸得心服口服。」海旭豪氣的說。

晨欣聽到身邊的海旭微微嘆氣，他當初的豪情已經不能繼續下去了，只能看著其他哥兒們替他完成。她握著他的手，輕輕的捏了一下他的掌心。

「要不要去吃冰慶祝？」海旭提議。

「好啊！才三月就好熱啊！」其他人附議。

「我家樓下有一家新開的豆花刨冰店，要不要去？」瑞德問。

「好！今天我請客啦！」海旭豪邁的說。

「真的假的？」

「那我要叫大碗的！」

「我要兩碗！」

「走！」

晨欣知道那家店，她最喜歡他們濃醇的黑糖豆花，還有炸鮮芋球。

一行四人來到冰店，在騎樓下找到座位入座。他們拿著單子，看著上面五花八門的飲品點心，七嘴八舌的討論要吃什麼，這時瑞德抬起頭，看到一名婦人。

「那是媽媽。」晨欣低呼。這次是海旭捏捏她的手安慰她。

朱彩鳳一臉憔悴，穿著一件淺藍色配白花的洋裝。晨欣認得這件洋裝，那是媽媽最後縫製的一件衣服，救難人員在下游河岸找到她時也是穿著這件。想到這裡，晨欣胸口一緊。

「姑姑！」瑞德喊她，「你怎麼會在這裡？」

朱彩鳳看到他愣了一下，「我剛剛去你家……不過沒人在家，你跟同學一起吃冰啊？」

朱彩鳳臉上擠出一絲禮貌和藹的笑容，可是講話語氣飄忽，眼神游離。

「是啊，姑姑也要吃冰嗎？」

「沒有，我記得晨欣說她喜歡這家店的芋丸，可是菜單上沒看到。」朱彩鳳的語氣帶點焦急。

「喔，是炸鮮芋球，她還喜歡黑糖豆花，我們一起點好了！」瑞德大方的說。

「等到她看到，冰都融化了吧……」朱彩鳳像是想到什麼，喃喃自語。

看到這裡，晨欣的眼淚衝破壓抑的閘口，潰堤而出。媽媽在生命的最後一天，最絕望的一天，心裡想的還是她。

瑞德看姑姑沒有拒絕，轉頭對填好單子準備付錢的海旭喊，「幫我加黑糖豆花跟鮮芋球外帶，我等下再給你錢。」

「不用啦！我一起付。」海旭拿起錢包跟單子去櫃檯付錢，此時他看不到朱彩鳳，所以回憶裡面就沒有她。

等到海旭回到座位，幾個大男生熱烈的聊天，朱彩鳳站在店的那一頭，等著外帶的食物，刻意遠離他們。海旭看了她一眼，沒有多花心思在上面，繼續加入同伴的話題。

「這是你們點的四碗冰，還有外帶。」老闆端著托盤過來，把食物放在桌上。瑞德抓起外帶的袋子，拿過去給朱彩鳳，後者對他點點頭，還拍拍他的肩膀，然後就轉身離開。

海旭把追憶的畫面結束在這裡，他轉頭看著晨欣，「你找到你要的回憶了嗎？」晨欣噙著眼淚點點頭，「謝謝你，讓我看到媽媽生命中最後一天的樣子。」

兩人坐在樹下，安安靜靜的，海旭握著晨欣的手，亮晃晃的光線透過樹枝灑在兩人的身上，似乎也撫慰了他們的心。

過了一會兒，晨欣想到什麼，看著海旭，「原來我那天吃的，媽媽最後一次買給我的點心，還是你出錢買的！」

「呵呵，其實我自己都忘掉了。要不是有這棵追憶倒影樹，我根本不記得這件事。」

海旭笑笑說。

「那天你贏球，當然是記得最開心、最轟動的事情啊！」晨欣說，「人的記憶眞是奇妙，發生過的事，跟眞正記在腦海的事，不見得完全一樣。」

「這就是選擇記憶啊。」海旭看著晨欣說，「不過，我們兩個還眞有緣呢！我認識你之前就請你吃過冰。」

「是啊！」晨欣微微一笑。

此時，兩人都覺得手心有點麻麻的，翻手一看，是安樂的小包包出現在掌心中。

「安樂在催我們了。」海旭說。

「那你去吧，我想先回去了。」晨欣說。

「好，掰掰！」海旭看著她離開，有種依依不捨的感覺。

晨欣才回到她的養心點，就發現五悔跟傾愁在門外等她。

「我們找到你媽媽留給你的遺書了。」傾愁柔聲的說。

「我說過很多次了，我媽媽眞的沒有留遺書給我。我沒有騙你們。」晨欣堅持的說。

「我知道。你說的都是實話。」五悔說。

「那你們……」

「我們一起去盼望倒影樹。」五悔說著領頭往前走，晨欣快步跟上。

他們走出水面，來到樹下，倒影樹依然挺立在池邊，光線明亮耀眼，延伸出去的主幹在池面上投下一道道交錯的影子。

傾愁帶頭爬上去，然後是晨欣、五悔。三人依序坐在樹幹上，望著腳下的池水。

傾愁拿出冰薰衣草，五悔拿出冰桔梗，兩人幾乎同時動作，也同時把兩朵冰靈花射入池中。只見池水晃動，等水紋安定後，晨欣看到艾美，艾美的身邊是晨欣的收心使者，三恕。

「晨欣，我可以看到你了。」艾美興奮的說。

「艾美！」晨欣驚訝的看著她，不知道她跟媽媽的遺書有什麼關係？

「晨欣，我找到你媽媽留下來的遺書了。當初是你奶奶在你媽媽做裁縫的布堆裡找到遺書，你爸爸知道後把它藏起來，不讓你們看到，所以你才不知道這件事。」艾美解釋，她也把拿到遺書的經過告訴她。

「這樣啊……」晨欣心裡一團混亂，沒想到爸爸居然不讓她知道媽媽留話給她，而且還是艾美幫她找到遺書的。

「你看！」艾美把遺書拿到冰海芋前面，艾美也是透過三恕的冰海芋才能看到晨欣。晨欣看到那塊布料，立刻升起一股強烈的情緒，胸口的酸楚瞬間把眼淚逼出眼眶。

那塊布料是她跟媽媽一起選的，她想要一條圓裙，但是選不定顏色花樣，媽媽陪著她逛了好多家店，後來在一家小店看到一款花色，底色是暗灰色，上面藤枝纏繞，又有幾隻小鳥點綴其間，在素雅中帶著可愛的氣息，卻不會顯得幼稚、孩子氣，她一看就喜歡。

老闆說這塊布是歐洲進口布，價錢比較貴，晨欣正猶豫時，媽媽已經大方買下來。後來媽媽把布裁成合適的大小，但是還沒來得及完成圓裙就去世了。

家人在收拾媽媽身後的物品時，晨欣發現這塊剪下來，本來要縫成裙子的布料居然破了一個大洞，她生氣的質問爸爸是不是他剪的，爸爸一直說不是，對她質問的態度也非常不高興，兩個人吵了起來。

現在晨欣知道原來是媽媽自己剪的。雖然的確不是爸爸，但是那塊布料明明就在他的手上，他卻假裝沒這回事，真的讓晨欣又生氣又傷心。

她抹抹眼淚，仔細看向那塊布。

乍看之下上頭很多藤蔓延伸，但是仔細看，在藤蔓之間有一些字，那是媽媽的筆跡，她用專門書寫在布上的一種彩色筆寫下留給自己的話：

晨欣，媽媽對不起你，讓你看到這些話，但我無法再承受下去了。你要記得，媽媽愛你，還有明昊，你們倆一定要互相照顧。粽子錢包我修好了，那塊玉也在裡面，我放在舊家的鞋櫃中。這是我們家傳的寶物，有幾千年的歷史。你外婆說，這塊玉只能傳給女兒，不然會遭到詛咒。你要記得這點，記得你的外婆，只有你可以去拿那塊玉。不要擔心，這玉會保護你，要記得帶在身邊。媽媽愛你。

晨欣在朦朧的淚眼中，來來回回看了好多次，因爲她知道，物人界的物品不能帶來養心池，她只能很用力、很用力的把它記在心裡。

「你能不能確認這是你媽媽的字跡？」五悔仔細的問。

「是我媽媽的字跡，這塊布我也認得，是她寫的沒錯。」晨欣說。

「你可以告訴我們你之前舊家的位置嗎？」三恕問。

「所以艾美要去找這塊玉？」晨欣微微皺眉。

「是的，我可以幫你去找玉。」艾美熱切的說，「你舊家在哪？」

晨欣看著艾美，想了一會兒後點點頭。

第二十三章

艾美把遺書收好，打開手機輸入晨欣告訴她的地址，晨欣之前住的地方剛好離外婆家不遠，走路就可以到了。

「外婆，我去買早餐，順便去外面走走，我今天就不陪你吃飯了。」艾美說。

「好，我等下去找朋友，你要記得帶鑰匙喔。」外婆說。她雖然上了年紀，可是朋友多，活動也不少，整個人很有活力。

「在這。」艾美亮出手中的鑰匙讓外婆放心，「掰掰！」

艾美走出大樓，三恕跟著她一起，等拿到生死玉後，會由三恕負責帶回養心池。

晨欣跟五悔、傾愁在養心池這頭，透過盼望倒影樹看著艾美跟三恕的行跡。

艾美買了蛋餅和豆漿外帶，迅速吃完，然後循著地址，來到晨欣之前住的地方。

這是棟舊式大樓，但樓下也有管理員，艾美一時想不出說服管理員讓她進去的理由，於是她趁街道上沒人的時候變成鳥形，飛上晨欣說的七樓，艾美看到一扇打開的窗戶，飛了進去。

這裡一層有四戶人家，家家鐵門緊閉，不過每個大門外都有一個鞋櫃，這格局在臺灣非常常見，所以當艾美看到遺書上寫到鞋櫃，馬上就知道在講什麼。

艾美左右看一下，公共走廊的底端就是晨欣說的二十九號之四，她朝著大門走去。晨欣透過冰海芋看到往日住處，熟悉的走廊、大門，心中升起好多感觸，這裡是她長大的地方啊！媽媽過世後，爸爸才舉家搬到現在住的地方。

大門外的鞋櫃是爸爸找人訂做的，固定在地上和牆面，新屋主並沒有拆除，繼續使用。

此時大家都在外頭上班，艾美看四下無人，變回人形，走上前去打開櫃子。

「爸爸在櫃子左邊的下層角落裝了一個小暗格，用力壓下去會彈出一個小抽屜，專門用來放備用鑰匙，媽媽可能會把玉放在那裡。」晨欣說。

「好，我去看看。」艾美正彎下腰，卻聽到三恕低喝，「艾美小心！」

她感覺到一股陰暗之氣逼近，同時也感到三恕的靈力從後面追向那股力量。

艾美側過身，先施法護身，然後運氣射出紫光。那股力量左閃右閃，繞過三恕的靈力和艾美的法力，不直接迎擊，而是朝著晨欣說的鞋櫃左下方直接竄去。

「不！」艾美喊著。那股陰暗的力量已經衝進暗格，艾美也伸手過去，想要搶先取出耳玦，但是一道熊熊烈火轟一聲炸開，整個鞋櫃瞬間燒了起來，火勢非常大，不僅鞋櫃陷入火焰中，艾美的右手也被火舌吞噬，然後一道火勢又竄了出來，把艾美整個人震得往後彈去，摔倒在地。三恕衝上前，但是竄入鞋櫃的那股力量卻從後面牆上的窗戶逃了出去。

「艾美！」晨欣沒想到會這樣，驚恐的大喊。

艾美趴倒在地，火舌並沒有消失，從她的手掌蔓延到手背，然後燒到手腕、前臂，毫不停頓的往肩膀爬。

「啊！」艾美痛苦的大喊。

三恕冷冽的眼神更冷了，他再度射出靈力，冰靈花帶著沁涼的力量，落在艾美的手肘，阻止火勢繼續向上，同時逼退火焰。艾美跟三恕同時察覺，這不是普通的火，它的力量來自法力，並沒有這麼容易熄滅。

艾美忍著強烈的灼痛，左手對著右手施法，加上三恕的靈力，紫光跟冰海芋的力量雙管齊下，火勢總算撲滅，只是艾美的手臂也變得紅腫，又熱又痛。三恕連續射出三朵小小的冰靈花，冰靈花在空中散成冰粉，細細的覆蓋在艾美的手上。

「這不是一般的火，就算去醫院治療也沒有用，這冰粉可以幫助散熱，但你自己也要多用法力對抗這個力量。」三恕嚴肅的說。

艾美點點頭，她痛得說不出話來。

此時鞋櫃還在燃燒，在艾美的法力和三恕的靈力聯手下，終於把火給滅了。

三恕走上前，檢查了鞋櫃，「玉不在了。」

手臂的疼痛加上自責令艾美非常灰心。她本來還抱著些微希望，或許那個力量找不到那塊玉，或許那個力量不夠大，拿不走那塊玉，看來是她低估了。

「我們先離開這裡。」三恕說。

艾美點點頭，對著鞋櫃施回原法，想不到這股黑暗力量很強大，又費了好一番工夫才讓鞋櫃回復原樣。

晨欣在倒影樹這頭目睹整個過程，一切發生得這麼突然，在場的每個人都很震驚。

「我們要從長計議，這個黑暗力量很可能跟巫煞有關。」三恕說。

此時，他跟艾美已經回到了外婆家。

「我也猜跟巫煞有關，只是它怎麼會恰好在同一個時間點知道生死玦在哪？」傾愁說。

「巫煞把晨欣的媽媽帶去滯心澤，如果他從朱彩鳳那裡知道玉玦的下落，應該早就去拿了。」五悔說。

「嗯，我覺得這傢伙很可能一直待在艾美的身邊，離她不遠。」三恕說。

話一說完，大家的眼光都看向艾美。

艾美神情緊張，她用法力去感受，可是並沒有察覺什麼力量，「這不是一般動物精的力量。」艾美搖搖頭。想到有東西在她身邊，但她卻沒有察覺，忍不住毛骨悚然。

「看來這力量不是針對艾美。他在艾美身邊，卻沒有傷害她，他的目標是那塊玉。現在他拿到了玉，應該就不會再回來了。」傾愁看出艾美的焦慮，柔聲安慰著她。

「如果這個力量拿著玉去找巫煞，那就糟了。」五悔皺著眉頭。

「我去通知九思，」三恕說，「我們要更警惕了。」

「晨欣，你還好嗎？」傾愁細心，觀察到晨欣都沒有發言。

「嗯……這太可怕了。艾美的手……你現在覺得怎樣？」晨欣擔心的問。

「稍微好一點。」艾美咬緊牙關說。

「我的冰粉可以幫你減輕一些痛苦，不過要記得多施法力抗衡，一般的藥物沒有幫助。如果你輕忽了，這股力量會在你皮膚上蔓延擴散。」三恕再度提醒。

艾美點點頭。

第二十四章

晨欣對於艾美受傷的事很不安，她想了兩天，決定去找五悔。

「我們有事要跟你說。」五悔說。

「我有事想跟你們說。」晨欣說。兩人同時說出口。

「好，你說。」五悔還是保持他一貫溫和、不躁進的態度。

「我……」晨欣微微遲疑，「你先說好了。」

五悔奇怪的看了她一眼，傾愁也輕蹙眉頭。

五悔表情嚴肅的開口，「九思使者因爲艾美沒有完成任務，而且因爲她的疏忽，讓其他力量把生死玦帶走，讓我們錯失良機，於是決定不再讓艾美繼續執行任務，而且堅持要取走她的法力，目前還在討論要不要讓她來養心池。」

「什麼？你們要殺死艾美？」晨欣大驚。

「那是九思跟一部分使者的想法，不是全部人的想法，而且讓她來養心池，重點是養心，不是殺戮，所以技術上要如何做到還需討論。但是確定的是，她不能再有法力了。」五悔說。

五悔的說明讓晨欣更加不安，她憂心的沉思著。

「如果她沒有法力，那她的手傷不就也好不了？」晨欣問。

五悔跟傾愁兩人也臉色沉重。

「大家還在討論。你跟艾美共同經歷這麼多事，我們覺得應該讓你知道。」傾愁看著晨欣說。

「你剛才說有事找我，什麼事？」五悔問。

晨欣看著兩位使者，心裡反覆琢磨，思考再三，「那個奇怪的力量沒有拿走生死玦。」

「怎麼說？」傾愁瞇起眼睛問。

「因爲那不是我媽媽藏耳玦的地方。」晨欣說。

「那她藏在哪裡？」五悔問。

「我先不告訴你們，我想直接跟九思談。你們可以帶我去見他嗎？」晨欣大膽的問。

「你是怎麼發現的？你找到其他遺書，還是證據嗎？」五悔問。

晨欣臉色猶豫，沒有說話。

「晨欣，是不是有什麼事困擾著你？有時候把事情說出來不見得能解決，但是至少心裡舒坦些，反而會想到另外的出路。」傾愁柔聲的說。

晨欣看著她，沉吟一會兒，「艾美去的舊家，不是媽媽藏那塊玉的地方，我知道真正的地方在哪裡。」

「在哪？」五悔再度問。

晨欣抿著嘴，沒有出聲。

五悔看著晨欣。經過這陣子的相處，他知道她的個性，剛開始會覺得她有點傻氣，老愛問問題，但是其實這女孩很有個性和想法，問題多、反應快，不是別人要她做什麼就毫不遲疑去做的那種人。

「你看到遺書就知道不在那裡，還是事情發生之後才想到？」五悔直接的問到重點，晨欣終於忍不住哭了起來。

「我氣艾美害死我，讓我跟爸爸、弟弟和奶奶分開，讓我再也見不到我的好朋友們，我眞的很生氣！不能諒解她。但是……我也不希望她死掉。當她問我舊家在哪，要去幫我拿玉玦時，我忽然想捉弄她一下，讓她白跑一趟，我並沒有想要傷害她的意思，只是讓她浪費力氣跑一趟，又不會損失什麼，就算讓我發洩一下也好。但是沒想到……沒想到她被那個黑暗力量攻擊，還被火燒傷了。我不是故意的，我不知道事情會這樣，我只是……」晨欣哭得講不下去，生氣、憤怒、後悔和害怕，各種複雜的情緒全湧了上來，不知道如何自處。

五悔讓她哭了一會兒，伸手在水中輕輕一拂，晨欣感到一陣水波傳來，細細的包覆全身，情緒受到安撫，終於慢慢平復下來。她繼續清楚的說道，「我看到媽媽的遺書上寫舊家，剛開始也以爲是講我們之前住的地方，不過我馬上想到不對，我們是在媽媽死後才搬家，對她來說那不是舊家。所以，我早就知道生死玦不在那裡，沒想到，艾美受到攻擊，還受了重傷……」

「所以，你看到艾美受傷，心裡受到很大的衝擊？要不要說出你的感覺。」傾愁柔聲的問。

晨欣回想火舌燒上艾美的那一刻，艾美的哀號，臉上的痛楚表情，她忍不住一顫。

「我當時嚇死了，我小時候腳踝曾經被燙傷，痛了幾天幾夜，艾美整個手臂竄滿火舌，而且還不是普通的火，我覺得好後悔，不應該讓艾美去那裡的。」

五悔沉思了一會兒，「那個力量看起來一直跟著艾美，所以不管你是否告訴她正確的地方，她都會受到攻擊。」

晨欣聽完五悔的分析覺得有道理，心情略略放鬆，但還是對艾美受傷的事很在意。

「不過，」五悔的表情嚴肅，「尋找生死玦事關重大，不僅我們想找，你也看到有別的力量在搶奪，我們希望儘快解決，不要多生事端。我理解你無法原諒艾美，但是能不能請你先拋開個人情緒，幫助我們找到生死玦呢？」

晨欣看著五悔跟傾愁用力點頭。

「那你能告訴我們，玉玦到底在哪裡嗎？」傾愁問。

「我很後悔讓艾美受傷，」晨欣真誠的說，「我希望她的手快點好起來，我希望她繼續有法力。你們相信我嗎？」

五悔看著晨欣，明亮的眼眸望進她的眼底，「我相信你。」

「好，那我想跟九思談談，可以嗎？」晨欣客氣的詢問，但是語氣堅定。

「你可不可以告訴我們，爲什麼一定要見到九思？又爲什麼只告訴九思玉在哪裡？」傾愁溫柔的問。

晨欣搖搖頭，「不是的，我也不會告訴九思玉的下落，我是要跟九思說，我只會告訴艾美玉在哪。」

五悔點點頭，「我懂了，你要幫艾美。」

晨欣看著五悔，眨眨眼。

「好！」五悔右手隨意觸碰一下他的辮子，其實他的手指已經滑過紫色的髮梢，施予靈力，把他的意思傳送給九思。

晨欣看到九思的第一印象，覺得他好嚴肅。他沒有五悔那麼高，但同樣身材魁梧，方正的臉上生著分明好看的五官，一雙大眼炯炯有神，眉毛特別粗黑，帶著粗獷的味道。此時眉心糾結，出現在晨欣的面前。

「九思使者好。」晨欣誠懇禮貌的問好。

「五悔使者說，你有事想跟我說？」九思問。口氣不疾不徐，沒有不耐，讓晨欣稍稍放心。

「是的。」晨欣鼓起勇氣，「生死玦並沒有被搶走，我知道它在什麼地方。」

「你是對的，我去問了持玉使者，他們也說沒有感應到那塊玉有任何異象，所以那個奇怪的力量應該沒有成功。」九思說。

「那你就知道艾美沒有搞砸任務。你不能處罰她。」晨欣說。

九思看著她，眉心的糾結沒有放鬆的跡象，晨欣的一顆心用力怦怦跳著。

「事情不能這麼評斷，第一，艾美並未判斷出生死玦不在那裡，第二，那時的情況看來，有股怪異的力量跟著她，可是她一樣沒有發現，所以她的確有疏漏跟能力不足的問題。」九思態度強硬的說。

「我因爲個人的恩怨指引艾美到那裡，她相信我，所以其實是我的錯。她沒發現那股力量在她的身邊，但當時三恕使者也在，他靈力高強，卻同樣沒發現啊，所以你也要懲罰他，拿走他的靈力嗎？還是我們就承認，這力量有特殊之處，讓人很難發現他的存在，然後想辦法解決？這個力量既然跟著艾美，如果你們想逮到他，不也是要靠艾美？奪去艾美的法力反而斷了這條線索，不是嗎？」晨欣伶牙俐齒的說了一大段，五悔和傾愁在一旁替她捏把冷汗，但同時也感到興味，兩人對望一眼，偷偷暗笑。

「既然是你刻意引導錯誤，如果你知道那塊玉的正確位置，那請你告訴我，這件事很重要。很明顯的，不僅我們在找它，還有另一個力量也在找它，如果它落入巫煞的手中，後果不堪設想。」九思口氣還是一樣，只是臉色更加嚴肅。

「我會直接告訴艾美，讓她幫我去找。」

「不行。」九思回答得直接乾脆，「她已經失敗一次了，我們不能再承擔風險。」

「這塊玉是媽媽給我的遺物，我想跟誰說就跟誰說，沒有規定一定要給你們。」晨欣的口氣也很堅持。

「的確沒有什麼規定，但是這關係著整個世界的安危，你要拿這件事開玩笑，當賭注嗎？」九思的眼睛瞇了起來。

「我沒有說我不幫你們找，但是我要用自己的方式。我要讓艾美幫忙，所以你們不可以把她的法力拿走，更不能殺了她。」晨欣說。

「沒有人說要殺艾美！」九思口氣嚴肅。

「那我們可以互相幫忙，我跟艾美合力找到生死玦，你讓三恕用靈力在一旁協助，這樣大家都可以得到想要的。」晨欣不退讓的說。

「就我所知，艾美是害死你的人，你爲什麼要幫她？」九思看著她問。

晨欣想了想，「她是害死我的人，不過我也害她受傷了，雖然那不是我的本意。之前她被窦窳控制，所以害死我也不是她的本意。」

晨欣頓了頓，神情有些黯然，繼續說，「我死了，見不到媽媽了，我不希望艾美也跟她媽媽分開。就算你們不殺死她，艾美的法力是她的媽媽給她的，我媽媽給我的玉和遺書，我都沒辦法得到，我不希望艾美也失去她媽媽給她的東西。」

九思盯著她好一會兒，晨欣有點害怕，不過她還是鼓起勇氣，讓自己迎著他的目光。

「好，你說服了我。我讓三恕和無思去幫她，我再給你們最後一次機會，拿到生死玦後得交給持玉使者們保護，不是你的，也不是艾美的。」九思說。

「眞的？好，我答應你，我可以把玉玦給你們，但我也有條件，如果成功了，你們不可以殺艾美，也不能拿走她的法力，我希望她的傷可以好起來。」晨欣覺得自己膽子越來越大，居然跟九思討價還價，可是到了這個地步，她不得不硬著頭皮把話說清楚。

九思沒說話，只是點點頭，他依然緊鎖著眉心，不過臉上的肌肉略略放鬆，晨欣懷疑這副表情其實是他天生的樣子。

「太好了！耶，謝謝！」晨欣開心的跳了起來，還興奮的拉著九思的手上下蹦跳。

九思嘴角微揚，忍不住覺得好笑，剛才還跟他辯論半天，其實還只是個孩子啊！

「五悔，傾愁，這孩子跟一般人不同，好好引領她養心。」九思語重心長的對兩位使者說。

「是的，九思使者。」五悔點點頭。

第二十五章

這天晨欣再度來到夢林裡的松樹下，此時天色昏暗，已經是晚上。當她把手中的粽子錢包往樹上擲去時，粽子錢包發出微微的綠光，毫無遲疑的往晨欣的擒夢果飛去，輕巧的取下果實，帶回到晨欣的手上。

晨欣拔下一片鱗片，施展靈力，心裡默唸，「帶我去艾美的夢境吧！」

鱗片瞬間變大，從中生成一個大裂縫，晨欣跨著大步，進入裂縫中。

晨欣看著四周，皺著眉頭，怎麼會有這樣寸草不生的地方啊？不僅這樣，周圍的空氣還不時飄來陣陣的惡臭，要不是自己已經死了，不然還真的會被臭死。

憑著直覺，晨欣循著臭味的方向走，不久見到一個大池，這個大池裡面滿是膿黃色的液體，味道已經不是陣陣傳來而已，而像是整個撲到身上，鑽進骨子裡。

就在這時候，池裡一陣翻騰，彷彿有條大魚在裡面奮力甩動游轉，晨欣好奇的看著，結果一條巨大的蛇尾出現，蛇尾伸出池面，又重重的落進池水中，噁心的黃水四處飛濺。接著蛇身扭動，蛇頭竄出水面，晨欣這才看清，這條蛇有九顆巨大的人頭嵌在上面。

她看了嚇一跳，艾美怎麼會有這麼奇怪的夢啊？

蛇身帶著九巨頭上升，只聽到九個不同聲音的哀號，晨欣這才看到，艾美凌空而降，一道道的紫光射向九顆頭。這條巨大的怪蛇尖叫、嘶吼、全身扭轉、掙扎，最後終於失去力量，「啪」的一聲，落入滿池的黃水中。

晨欣看得一愣一愣的，艾美此時翩然而至，瀟灑俐落的降到她的面前。

「嗨！晨欣，你也來到神異界了！」艾美開心的打招呼。

「原來這裡就是神異界！」沒想到藉由艾美的夢境，她也可以一窺神異界的樣子。

「是啊，剛剛被我打敗的那隻神獸叫相柳，那些黃黃的池水都是他劇毒的口水。」艾美解釋。

晨欣吐吐舌頭，真不敢相信。

「你怎麼來到我夢裡的？」艾美問。

「艾美，我有事來找你。關於那塊玉的事情。」晨欣說。不曉得艾美醒來會不會記得，可是她這次不想用倒影樹的方式跟她聯絡。

艾美看她的眼神變得嚴肅，接著晨欣發現周圍的景象變了，相柳、黃水池、惡臭統統不見，她們兩人面對面坐在冰店，桌上放著兩大盤芒果冰。

「晨欣，你還記得這裡嗎？我們一起在這裡吃冰！」艾美的表情又是開心，又是哀傷。「想不到我們可以在夢裡繼續吃冰聊天。」

「艾美，你知道你在做夢？」晨欣好奇的問。

「是啊。我曾經在神異界學會如何控制夢境，所以我可以將夢境創造成我所希望的樣子，我也知道你不是我創造出來的夢境，你是自己來到我夢裡的。」艾美說。

「太好了，所以你醒來後可以記得你的夢嘍？」

「當然，」艾美說，「你有事要跟我說嗎？」

「就是上次你去我舊家找生死玦的事，其實，我是……我是故意告訴你錯誤的訊息。我氣你害死我，讓我跟家人分開，不能原諒你，可是，有另一個聲音跟我說，你不是故意的，你被竊竄控制，也是受害者，而且你非常後悔，一直對我道歉。所以我雖然生氣，卻不希望你死掉。只是我還是忍不住捉弄你，想讓你撲空白跑一趟，算是小小的惡作劇。」

「原來你早就知道玉不在那裡，卻故意讓我跑去。」艾美喃喃的說，一時不知道怎麼反應。

「是啊，對不起……」晨欣低聲的說。

她忽然明白艾美一直跟她說對不起的心情，儘管悔恨、遺憾，卻無法彌補。

「我們這樣有沒有……中文怎麼說？什麼平了。」艾美說。

「扯平了。」晨欣笑笑回答，「好吧，我們算扯平了。」

兩個女孩感到一股輕鬆的氣氛，雖然還是一生一死，分隔兩個世界，但是在夢境裡，兩人的心情是接近的。

「你媽媽爲什麼要說玉在舊家？如果玉玦不在你舊家又是在哪？」艾美問。

「我第一個反應也是字面上的意思，但是我馬上想到，媽媽寫遺書給我的時候，我們還住在那裡，還沒有新家，她怎麼會去稱我們當時住的地方是『舊家』呢？媽媽知道平常只有我會對那些布有興趣，所以才把遺書藏在布堆裡，但要是別人先找到呢？她爲了預防萬一才這樣寫。如果別人先找到，那個人就會往「舊家」這個方向找，而我應該會知道在哪。」

「所以，你的意思是，那塊玉並不在那兒，那個黑暗力量也沒有把玉拿走？」艾美驚訝的問。

「是的。九思使者已經證實，玉還在物人界，所以我的推測沒錯。」

「那麼那塊玉到底在哪？」

「你知道那個黑暗力量是什麼嗎？」晨欣沒有馬上回答她的問題。

「這幾天，我多方猜測，我覺得很可能是窫窳的力量。他離開我的身體後，不知道用什麼方式存活下來，但我怎麼也找不到他，他卻好像離我很近，讓我無法防備。」艾美說。

晨欣點點頭，「這也是我這次來到你夢裡的原因，我不想用倒影樹的方式跟你聯絡，因爲那個力量似乎可以聽到我們兩個人的對話。」

「這個方法好！的確，除了我，沒有其他人可以進到我的夢裡。」艾美開心的說。

「太好了！那我告訴你那塊玉在哪，但是你有沒有辦法擺脫窫窳的跟蹤呢？」晨欣問。

「這我要好好想想。」艾美抿著嘴，點點頭。

兩個女生在艾美營造的冰店裡，盡情的聊天，擬訂計畫。

「無思！你的靈力恢復得如何？」晨欣問。

晨欣跟五悔坐在倒影樹上，望著腳下的池水，艾美、三恕、無思的影像同時出現。

無思微微一笑，側過臉，讓晨欣看到他的頭髮，「都沒事了！謝謝你的關心。」晨欣看到他鵝黃色的長髮恢復長度，重現光澤，很替他感到開心。

三恕在一旁還是一臉冷清，好像事不關己的樣子。

「艾美，上次我跟你說怎麼去我『舊家』，我發現我弄錯了，我媽媽的意思其實是我舅舅家。我記得小時候，我口齒不清，每次想找表哥玩，都說要去『舅家』，而不是舅舅家，媽媽會笑著糾正我，說差一個字，意思可是差很多呢！她那樣寫是不希望其他看到遺書的人找到那塊玉玦，她知道我會了解，那是我們兩個人的回憶。只是沒想到，爸爸比我先找到遺書，而且沒拿給我看。」晨欣既感傷又難過的說。

「原來如此。」艾美說，「那你跟我說你舅舅家怎麼去。」

「可是你要小心上次那個跟你搶生死玦的力量。」晨欣說。

「我會的。這次三恕跟無思都會幫我。」艾美有信心的說。

「我就知道你一定可以的。」晨欣語氣期待。

「你給我你舅舅家的住址。」艾美說。

「我還是一步步跟你講怎麼走好了。」晨欣說，「我怕我跟你講住址，那個奇怪力量偷聽到，搶先一步就糟了。」

「也好。」艾美同意。

「你出了大樓之後右轉，往前走到水果攤時再左轉……」

艾美在晨欣的引導下，來到幾個街角外的大樓。在這之前，她沿路設下一些法力，小心注意周遭的人事物，一路上非常謹慎。

這棟大樓在巷弄之中顯得特別靜謐，艾美用上次的方式變身成鳥，飛進晨欣舅舅家的樓層。

「對，就是這裡。」晨欣看著走廊，「你確定沒有異狀的話，我跟你說是哪一戶。」

艾美左右看看，對晨欣比著OK的手勢，同時也施了法力讓一般人不想靠近。

「左手邊紅色大門那一間，有著金色鞋櫃門的那個。」晨欣說。

「好。」艾美說轉身走過去，打開金色的鞋櫃門，馬上在最上層的角落摸到一樣東西物，她拿出來放在掌心。

「我拿到了！晨欣，是不是這個？」艾美興奮的說。

晨欣仔細看，無思和三恕也湊上前去。

「沒錯！」晨欣語氣高亢。

「就是它。」無思也肯定的說。

三恕臉上露出難得的微笑，輕輕點頭。

艾美正要把玉玦收起來時，一股陰風掃來，直接襲向艾美的掌心，一瞬間就把那塊玉捲走。

第二十六章

窫窳拿到玉玦，非常得意。

艾美猜得沒錯，那股黑暗奇怪的力量就是窫窳。

當他被艾美逼出體外時，他知道不能再回到艾美的身上，急於在附近找一個有法力的物品，一個可以依附在上面的東西。首先他發現張老仙的木盒。這木盒本身帶著極大的力量，讓窫窳可以安穩的待在裡面。恰巧這陣子艾美都沒有想要打開木盒的欲望，她了解到，先前急於想要知道如何打開木盒，其實都是受到窫窳影響，現在窫窳離開，她更不想隨意打開木盒，就讓木盒靜靜的，安穩的躺在角落。

當然窫窳不會就此滿足。他聽到艾美要去找生死玦，知道不能放過這個機會，生死玦當年讓他起死回生，經過千千萬萬年，法力一定變得更強大，他一定要搶先一步拿到。

這時，剛好壁虎精小龍找到遺書，帶著遺書來到艾美的房間，小龍的修煉時間不算太長，但是牠資質高，已經有法力形成，窫窳等艾美的意識離開小龍後就趁機依附在牠身上。

窫窳的法力還沒有完全恢復，但是他能夠躲過一般法力的偵測，讓人無法掌握他的行蹤，所以可以輕易的躲在小龍身體裡，讓他的法力跟小龍的形體都隱藏起來。

上一次，窫窳搶在艾美的前面鑽進鞋櫃去拿生死玦，卻沒想到裡面沒有生死玦，他氣自己沉不住氣，太早現身，讓艾美有所警覺，這次艾美一路設下法力阻擋，窫窳費了一番工夫才破解層層關卡，看來這次的地點是真的藏玉所在。但是窫窳還是謹慎，直到確定艾美拿到生死玦，原主人晨欣確認後，他才現身去奪。

窫窳驅使小龍從窗戶離開，卻發現有股奇異的力量從玉玦傳來。「一定是這塊玉的巫術顯現了！」他正得意，忽然發現法力變得窒礙難使，甚至無法驅使小龍的形體，自己的力量也不再隱蔽。

「那是窫窳！他在小龍的身體裡。」艾美指著地上的壁虎對著三恕和無思說。

壁虎此時用長尾巴捲住玉玦，瞪著大眼睛看著他們。

三恕和無愢、艾美站在走廊上的三個角落把小龍團團圍住，牠一時沒辦法脫身。

「窫窳！我們又見面了！」無愢看著他，全神戒備。

「你的頭髮又長了，是該理理髮了。」窫窳輕蔑的嘲笑無愢，不把眼前三人看在眼裡。但是當他暗自運氣，不知道怎麼回事，就是感到不對勁。

「你不用管我的頭髮，還是把生死玦拿穩吧。」無愢不理會窫窳的嘲弄，笑笑的說。

窫窳馬上意識到，原來這塊玉是陷阱，這不是眞的生死玦。他正想著，尾巴捲著的「生死玦」開始扭轉變形，變成一把鑰匙。

他認得這把鑰匙，艾美進出外婆家都會用它開門，所以今天出門時，艾美拿出鑰匙鎖門，放入口袋時，他一點也沒有懷疑。艾美一定施法在鑰匙上，讓它變成生死玦的樣子，還跟晨欣、三恕、無愢演了一齣戲，讓他相信那就是玉玦。

窫窳一股氣上來，想要把鑰匙甩掉，可是這鑰匙卻牢牢的黏在小龍的尾巴上，而且正不斷的干擾他的力量，讓他不能好好施展法力。

三恕輕觸銀髮，無愢輕觸金髮，兩人手中的冰靈花出現，只見兩朵花升到空中，滴溜滴溜自轉起來，同時各自複製出許多小冰靈花，四散在小龍的頭上。

竇窳輕哼一聲，張開小龍的嘴，一陣黑氣散出，像是煙霧一樣，包圍在每朵細小的冰靈花上。冰靈花撞擊著黑霧，打消不少黑霧的力量，但是同時黑霧也散發腐蝕的法力，消融不少冰靈花。

不僅這樣，黑霧開始蒙蔽大家的視線，艾美趕緊出手，她射出紫光，讓柔和的光芒四散，對抗黑暗的侵擾。

慢慢的，冰靈花跟紫光漸漸逼近小龍，艾美知道，她加諸於鑰匙上的法力壓制住竇窳，加上三人的力量所以才占上風，但是她也知道鑰匙上的力量不能持久，他們必須在法力消失前趕快制伏竇窳。

艾美呼吸運氣，紫光的法力再往前推出，這時候小龍全身自轉起來，捲著鑰匙的尾巴也大力的左右甩動，只聽「啵」的一聲，壁虎尾巴脫離了身體，夾著鑰匙射向天花板。人在面對突發狀況時，視覺自然而然被吸引，這也是斷尾求生的目的之一。艾美的眼光不自覺的看向尾巴半秒鐘，竇窳則趁著機會，再度讓小龍噴出更多黑霧。

沒有鑰匙的法力壓制，竇窳的力量更加強大，這次黑霧消融大半的冰靈花，直接衝到三恕和無愳的面前，兩人急忙閃開，也再度射出更多的冰靈花，但是竇窳已經在這一瞬間，擺脫冰靈花跟紫光的糾纏，驅使小龍的身軀迅速衝向窗戶，從窗口逃了出去。

艾美跟三恕、無愳也衝出窗戶，只見空中懸浮著幾個身影，擋住小龍的去路。

「你們三個快走，這裡我們來解決。」一個褐色頭髮的使者說。

那是九思，他帶著五位使者在附近支援，此時把小龍團團圍住。

三恕點點頭，他知道九思可以輕易抓住竄窳，於是拉著艾美，三人離開現場。

艾美拿回鑰匙，再度回到大街上。

「太好了！想不到九思這麼有義氣，出手幫忙。我還以爲他只會袖手旁觀，看我們失敗呢。」晨欣驚訝又開心的說。

「意見不同不代表就是敵人。」無愳的聲音傳來。

艾美跟晨欣聽到這句話同時深思起來，覺得很有感觸。

「現在往哪走？」艾美問。

「我帶你到另外一個舅舅家！」晨欣說。

原來，兩個女孩共同討論，在找到生死玦前，一定要先找出是誰要搶生死玦，讓這個力量現身，把這個力量摒除在外，不然就算艾美找到生死玦也是白搭。所以晨欣不敢用倒影樹跟艾美見面，改成在艾美的夢境裡討論，然後晨欣再去找三恕、無思，跟兩位說她們的想法。

晨欣有兩個舅舅，都住在附近，她曾經在海旭的回憶中，看到媽媽生前最後一天的行蹤，媽媽跟表哥瑞德提到她才去過他家，所以晨欣推測，她一定是把生死玦放到小舅舅家的鞋櫃中。因此計畫中，艾美先去大舅舅家，靠艾美的易裝術把鑰匙變成玉玦，果然窫窳也被騙倒現身，現在有九思幾個資深使者牽制他，艾美終於可以無顧慮的到小舅舅家取玉玦了。

隨著艾美移動，晨欣看到小舅舅家附近的那家豆花刨冰店，想到媽媽生命的最後一天在這裡找她喜歡的食物，想到海旭幫忙買了炸鮮芋球跟黑糖豆花，心裡又溫暖又感傷。

艾美毫不費力的找到晨欣舅舅家的鞋櫃，她打開鞋櫃門，晨欣一眼就看到一雙很舊的布鞋。

那是外婆的布鞋。外婆過世前跟小舅舅住在一起，她記得小時候，老愛吵著去「舅家」玩，除了可以纏著表哥，最期待的就是吃到外婆做的鳳梨酥。那跟外面的鳳梨酥不一樣，外婆的鳳梨酥帶著香香的酸甜，後來長大發現這種鳳梨酥變成了市場上的新產品，叫做土鳳梨酥。但是不管糕餅店做的再怎麼精緻，她都覺得沒有外婆做的好吃。

外婆過世後，小舅舅丟掉許多外婆的東西，唯獨這一雙布鞋留了下來。一來每次進出家門換鞋子的時候看到可以留念，二來，外婆過世前，小舅舅每天帶著外婆外出散步時，都會親自彎腰幫外婆穿上這雙鞋子，所以感情更不一樣，讓小舅舅決定留下這雙鞋。晨欣剛開始覺得好奇怪啊，那麼舊的鞋子居然不丟掉，可是之後每次來小舅舅家，看到外婆的鞋子靜靜的躺在那裡，心裡都會覺得跟外婆的連結還在，外婆還在這裡，靜靜的等她來拜訪。

「在上面那排右邊，那雙紅白鞋子裡面。」晨欣說。

「好。」

艾美手伸進去，把鞋子拿出來，果然裡面有東西。艾美從布鞋右腳拿出一個粽子造型的錢包。

「在那個錢包裡面。」晨欣說。三恕和無愳也仔細專注的看著。

艾美小心拉開拉鍊，果然，那個C形扁扁的玉耳玦就在裡面。

晨欣從倒影中看到生死玦，看到媽媽留給她的粽子錢包，心情非常激動。

「三恕，無愳，這個就是生死玦了。你們帶回養心池吧！」艾美說，把玉玦遞到他們的面前。

無愳伸手去拿，但他纖細的手指從玉上面穿過，居然握不住。他愣了一下，不敢相信，又再多試幾次，一樣不行。

「怎麼會這樣？」三恕皺眉。

「可能是我的靈力還沒完全恢復吧！」無愳苦笑。

三恕上前也伸手去拿，但也是一樣的情況，他的手指好像鬼片裡的幽魂那樣，只能從玉玦上穿過去，無法拿在手上。

「爲什麼會這樣？」艾美問，「以前你們找到生死玉時也會這樣嗎？」

「當然沒有，在養心池的三個生死玉都是使者們帶回來的，從來沒有發生類似的情況。」三恕說。

「難道媽媽又有什麼調虎離山之計，這生死玦是假的？」晨欣著急的說。

「這玉玦肯定是眞的，正因爲是眞的，所以才會這樣。」三恕說。

「爲什麼？」艾美跟晨欣都不懂。

三恕沒說話，他把手伸向艾美，從她拿錢包的那隻手上拿走錢包。

無思解釋，「使者可以移動、拿取物人界的東西，只是不能帶回養心池。所以我們不能碰觸那塊玉，代表那塊玉上有特殊的力量，連我們的靈力都沒用。我們無法解釋是什麼力量，之前從沒見過這樣的狀況，但是這塊玉肯定就是當年六位巫師用在窫窳身上，讓他起死回生的六塊生死玉之一。」

「原來是這樣。那怎麼辦？」艾美也很困惑。

「既然三恕可以拿起錢包，不然把玉放進錢包裡，讓三恕帶著錢包跟生死玦來養心池呢？」晨欣建議。

「可以試試看，不過依照界法，物人界的東西是無法帶去養心池的。」無思說。

艾美把錢包收回來，拉開拉鍊，小心的把生死玦放進去，她把錢包托在掌心，無思再去拿，但是結果一樣，他的手直接穿過錢包。三恕剛才成功拿起錢包，又試了一次，但他也不能拿起裝了玉玦的錢包。

「看來，這塊玉就是不讓你們拿去養心池。」艾美說。

「它在這個世界待了非常久的時間，似乎知道我們想帶它去養心池，可是它就是不想去。」晨欣說的話聽起來很孩子氣，可是倒也有些邏輯在。

「你說的也不是不可能，這塊玉帶著巫術，千千萬萬年來一直待在物人界，或許它的力量在物人界更強，所以很難帶走。當然這只是我的猜測。」無愳說。

三恕看了一下艾美，「巫煞若知道生死玉的下落，一定會來搶奪，放在物人界太危險了。我先回去跟九思稟報這件事，看要怎麼處理，這段時間無愳會跟你一起看管。」

「這只是暫時的，我們最終會想辦法把它拿回養心池的。」無愳安慰著艾美。

看來只好這樣。艾美有點無奈，本以爲東西拿到，交給使者們就完成任務，沒想到現在還要幫忙保管生死玦。

「那我先離開。」三恕躬身告退。

艾美收好玉玦，用層層的法力把它隱藏保護好，跟無愳一起回到外婆家。

第二十七章

這天晚上，晨欣躺在床上，翻來翻去都睡不著，她想著這幾天的事，心裡好多感觸。她乾脆起來，走出房門，此時天色暗下來，是休養靈心的最佳時刻。晨欣置身在幽暗的池水中，四處隨意走走。心緒就像身邊的池水，不停的湧上，緊密的包圍著她。

想不到，媽媽眞的有留下遺書，還有玉耳玦，可是自己死了才知道這回事。她的手一翻，小粽錢包信物出現在掌心，她忽然好想再去看一眼那塊玉，雖然那是來自上古時代的玉，是攸關生死的巫術，她也答應讓九思收走，可是畢竟是媽媽留給她的東西，她很想多看幾眼。

晨欣想到這裡決定走上岸，來到夢林中。她抬頭仰望，送出手中的小粽錢包，拿到擒夢果。晨欣摘下松果鱗片，跨過巨大裂縫，再度走進艾美的夢中。

她來到一個巨大的足球場，艾美在場上奔跑，她是左前鋒，接到隊友傳給她的球，她帶著球往球門直奔，閃過兩個包抄過來的對手，她正準備要射門，對方的後衛衝上來，擋在她前面，艾美閃過她，但是對方一拐一踢，把球踢出界，被裁判判「角球」。

艾美從容的拾起球，把球放到角旗杆下，屏息，專注。晨欣在一旁看得緊張冒汗，她的運動神經不佳，常常聽艾美說起踢足球的功績，非常羨慕，現在在夢裡看到她踢球的樣子，覺得又激動又熱血。

艾美眼神專注球門，不理會上下左右跳動的守門員，還有一直跑來跑去試圖干擾她的後衛，她小跑步，右腳後抬，用力一踢，球飛得好高，晨欣眼睛盯著球，只見一個優美的弧度，越過對方的守門員，射入球門！

晨欣跟著艾美的隊伍大聲歡呼，艾美帶著微笑走過來，兩人又回到熟悉的冰店。

「那就是你踢球的樣子嗎？好帥啊！」晨欣說。

「我眞的曾經在一次比賽中踢角球得分喔！」艾美微笑的說。

「太厲害了！」晨欣自己手腳不協調，運動項目都不在行，很羨慕艾美這麼會踢球。

「謝謝。你找我有事嗎？」艾美問。

「謝謝你幫我找到媽媽的遺書跟玉。」晨欣由衷的說。她大口的吃著冰，養心池裡不用吃喝，她挺懷念可以吃美食的日子。

「我們互相幫忙。沒有你，我的法力就沒了，搞不好也死了。我們就不會在這吃冰，只能在養心池吃冰了。」艾美說著也挖了一大口芒果冰放進嘴裡。

「養心池沒有冰，除非你說的是那些使者的冰靈花，不過我肯定他們是不會讓你吃的！」晨欣說。兩人都笑了。

「聽說九思也無法拿走玉玦？」晨欣問。

「是啊，他親自跑了一趟，結果也是一樣。」艾美聳聳肩，「他說會跟持玉使者商量，或許會請持玉使者來試試看。」

晨欣點點頭，她知道等持玉使者拿到生死玦，她就不能輕易再看到那塊玉了。「艾美，我想再看一次生死玦跟小錢包，可以嗎？」

「可以啊。」艾美說，「跟我來。」

艾美領著晨欣走出冰店，兩人在街道上走著走著，四周卻朦朧起來，像是突然出現一團霧氣，她們置身在伸手不見五指的濃霧中，但這樣的情況沒持續多久，眼前的霧慢慢散去。晨欣看到前方被一片不透明塑膠布阻隔，她跟著艾美走向前，來到一堵高聳入雲的乳白色牆面。

晨欣忍不住伸出手觸摸這一片像塑膠的牆，質地滑嫩帶著彈性，好像在摸一大片的果凍。

「這是我的夢境入口，因爲我可以製造夢，所以我記得。一般人進到夢裡後，連夢都記不完整，更不會記得他們的入口。」

「原來如此。」晨欣點點頭，這就像她用擒夢果進入別人的夢一樣，那個裂縫缺口也是一個入口。

「我不能把東西拿進夢裡，不過你可以用這個方法看。」艾美說，她用手輕碰這個入口三下，本來乳白色的果凍牆，現在變成透明牆。在牆的另一側，晨欣看到一個房間的景象，她認得，那是艾美的房間。

「這一頭是夢境，那一頭是實境。」艾美指著她的房間說，「我過去拿給你看。」

艾美說完直直走入透明果凍牆裡，回到現實世界。晨欣可以看到艾美在房間裡走動，在角落的櫃子裡找東西。

晨欣有點好奇，她上回差一點把奶奶從夢境帶到養心池，不知道她自己可不可以透過夢境穿越到真實的世界。五悔曾告訴她不行，但是好奇心讓她忍不住想試試看。

她學艾美那樣，直直朝果凍牆走去，她只感到全身撞在柔軟有彈性的牆面上，然後又被反彈到夢裡，差點重心不穩跌倒。

晨欣苦笑，看來五悔說的沒錯，那是行不通的。不然的話，每個靈心有了擒夢果之後，找到夢的入口，偷偷從親人的夢境回到物人界，不就一堆靈心在那裡飄蕩了？

此時，艾美手裡拿著一樣事物，出現在果凍牆的另一頭，她打開手掌，儘量讓手中的東西靠近牆邊好讓晨欣看清楚。沒錯，是小粽錢包。艾美小心翼翼的打開錢包，拿出生死玦，讓它穩穩的躺在自己的手心。

晨欣看著玉玦，心情很激動，她情不自禁的舉起手，把手掌貼在果凍牆上，隔著透明牆輕撫著玉玦。

就在這時候，晨欣感到手心傳來微微的溫麻感，她打開手掌，她養出來的小粽錢包信物也出現在掌心。讓她驚訝的是，這個錢包開始晃動，好像有東西想要鑽出來一樣。

她拉開拉鍊，裡面的生死玦蹦一聲跳出來，落在她手心微微震動。

艾美這時發現自己手中的生死玦也開始微微震動，好像在回應晨欣的玉玦一般。兩個女孩驚異的對望一眼，不知道發生什麼事。

晨欣仔細感覺手中的玉玦，發現它好像在吸引另外一個世界的玉玦。晨欣想起她進入奶奶的夢境時，差點把奶奶帶到養心池，當時五悔說她的靈力特別，說不定，她可以從物人界帶東西回去。

晨欣覺得一定要試一下。她對著手中的玉玦施予靈力，這個玉玦震動得越來越快，而艾美手上的生死玦也受牽引而震動得越快。

沒多久，晨欣手心的生死玦開始自轉，最後甚至在空中懸浮起來，晨欣抬頭看向果凍牆的另一端，艾美手中那塊的眞實的生死玦也一樣在空中飄浮自轉。

晨欣再度施靈力，手中的生死玦產生一股很大的吸力，艾美手上的生死玦受到這股吸力的影響，果然一點一點的向晨欣靠近。兩個女孩睜大眼睛，看著生死玦穿透果凍質地的牆面，來到夢境這邊。

艾美看到手上只剩下空空的小粽錢包不敢置信，她放下錢包，很快的穿過果凍牆，再度回到夢境中。

「你看！」晨欣輕喊。

兩個人專注的看著玉玦，兩塊玉玦快速旋轉，像兩隻蝴蝶在空中嬉戲一般，上上下下，左左右右，越來越接近，最後終於合而為一，輕輕巧巧的落下，靜靜的躺在晨欣的手心，像是什麼事都沒發生過一樣。

「我把我媽媽的玉拿過來了。」晨欣喃喃的說。

「好厲害啊！你是怎麼做到的？」艾美睜大眼睛，不敢置信。

「我也不是很清楚，就是覺得我手上的生死玦跟你手上的生死玦有聯繫，加上我的靈力，就把那塊生死玦引過來了！」晨欣說，她看著手上的玉玦，忍不住大喊，「我眞的把玉玦拿過來了！」

艾美微笑看著晨欣。「太好了，那你就可以直接拿回養心池，交給九思他們。」

「是啊，」晨欣滿眼都是笑，「這樣他們就可以放心了。」

能完成一件這麼重要的事，艾美也很高興。

「那我先回去了。」晨欣使了不少靈力，感覺有些疲累，但是媽媽的玉玦在她的掌心，也令她感到非常的亢奮。

「我們保持聯絡，我的夢境永遠歡迎你。」艾美說。

「謝謝。」晨欣感動的說。

艾美衝上去給她一個大大的擁抱。之後晨欣拿著生死玦，揮手轉身，朝著松果鱗片的裂口走去。

當晨欣把手掌打開，展現手心上的生死玦時，每位使者都睜大眼睛，不可置信，包括九思，因爲連他也拿不到玉玦。

「你把玉玦拿回養心池了。」九思點點頭，率先恢復鎮定。

「你是怎麼做到的？」五悔問，他把臉湊近生死玦，左瞧右瞧。

晨欣把去艾美夢境的過程說給大家聽。

「你很聰明，反應快，知道要多嘗試。」傾愁笑得兩眼瞇起來，對她豎起大拇指。

晨欣咧嘴笑笑。心裡暗想，要是他們知道自己試著走進果凍牆又被彈回來的話，應該就不會稱讚她了。

「我是從艾美那裡得知經過，這兩個女孩眞的很特別。」無愢說。

「之前九思便對你稱讚有加，果然名不虛傳啊！」一個淺藍色頭髮的使者對她說。

「對啊，我們當時還覺得他這麼信任你很冒險呢！」另一個赤紅色頭髮的使者說。

她看向九思，在他方正剛毅的臉上，帶著微微的笑容，晨欣也對他微笑。

「九思使者，我可不可以有一個請求？」晨欣正色問。

「你說。」

「我知道這塊生死玦要交給持玉使者保管，可是這是媽媽留給我的東西，我想自己保管幾天，好好跟它相處，然後再交給你們好嗎？」晨欣用最輕柔的語氣說。

九思看了她一會兒，「好，我答應你，現在東西在養心池，我們比較放心。有生死玦在，我們的力量更大，巫煞要做怪的機會也更小了。兩天。我給你兩天的時間。」

「太好了！」晨欣說，然後忽然想到，「對了，那個窫窳呢？」

「窫窳被抓到後，現在被禁閉在一個安全的地方，沒辦法再做怪了。」五悔說。

「那就好！」晨欣鬆一口氣。這代表窫窳也不能再去干擾艾美了。

「小龍呢？牠怎麼樣了？」晨欣又問。

「小龍在窫窳離開後也恢復正常了，回到你之前住的公寓裡。」無愳回答。

晨欣放心的點點頭。

「接下來，我們要選出一個持玉使者，不知道大家有沒有什麼想法？」九思轉頭問其他使者。

晨欣覺得這些使者要討論重要的事情，自己不方便待著，也沒什麼興趣聽他們的討論，決定先離開。

「那我先走了，」晨欣說，「我想去找小鳳仙還有我的朋友們。」

「去吧！」九思說。

晨欣躬身行禮，帶著玉玦開心的離開。她迫不及待的要跟小鳳仙分享媽媽留給她的東西，也要去跟海旭道謝，因爲他的幫忙，她才能確定玉玦的所在。

這是晨欣來到養心池後，第一次覺得這麼放鬆自在，但她不知道的是，使者們接下來要討論的事情，將會對她之後在養心池的日子產生劇烈的影響……

測試你的養心能力——

情緒能量指數測驗

文／心理學作家　海苔熊

你最近常常感到很不爽、心裡很煩躁嗎？做什麼事情都提不起勁，或者覺得自己好像很容易生氣嗎？看完《養心1：消失的生死抉》，書中角色碰到的情緒問題、人際關係、是否也讓你感到心有戚戚？這份小小的檢測，是為了協助你了解自己最近的心情和生活狀況。在測試開始前，請你輕輕閉上眼睛，回想一下最近你和家人、朋友、還有一些你重視的人事物，相處的那些時光，當你想到一些事情或回憶，就可以輕輕張開眼睛，回答下面的問題。如果你覺得題目描述的句子很符合你心中的感覺，就在底下的作答區畫上一個「○」，如果你覺得有點像但是又不完全一樣，那麼可以寫下「△」，如果你覺得自己完全沒有這樣的狀況，就可以打一個「×」。

1. 我常常覺得身邊的人都不了解我的心情……（　）

2. 家人重男輕女的態度讓我覺得很討厭……（　）

3. 我時常會懷疑，為什麼爸媽要把我生下來……（　）

4. 曾經有人跟我說：「你為什麼不去死一死！」之類的話，讓我很受傷……（　）

5. 我的腦袋裡常常會想起一些衝突、爭吵或者是拉扯的畫面……（　）

6. 最近一段時間，我晚上都睡得很不安穩……（　）

7. 我非常恨某一個人，曾經有想要殺死他的想法……（　）

8. 我覺得自己不值得活在這個世界上……（　）

9. 我發現最近好像不太能夠控制自己的眼淚，很容易生氣……（　）

10. 我想要躲到一個沒有人可以找到我的地方……（　）

計分方式

完成這個小練習之後，你可以數一下底下的符號，「○」代表2分，「△」代表1分，「×」代表0分，如果你沒有計算錯誤的話，你的分數應該會介於0分到20分之間的一個整數，這個分數就是你內心的「情緒能量指數」，代表你最近生活周遭的事件、或者是家人父母跟你相處的情形，激起你內心情緒的程度多寡。分數越高，代表你心中有越多的負面情緒，換句話說，你心中「黑暗能量」也越大。

結果解析

- 0分到7分：你心中的情緒能量還很小，整體來說你最近的生活、課業、感情、家庭都還算順利，沒有讓你覺得太煩躁的事情，可喜可賀！
- 8分到14分：你心中的情緒能量正在慢慢擴大當中，甚至有些影響到最近的生活和課業。找朋友分享你的心情、利用運動或者是休閒活動讓自己開心一點，慢慢就可以找回心中的陽光。
- 15分到20分：你心中的情緒能量已經很巨大了，如果不去處理的話，有一天它可能會把你給吞噬掉。但這並不是你的錯，很可能是過去發生的一些事情，在你身上留下了黑暗的印記。如果可能的話，不妨去找輔導老師或者是找信任的大人來談談你的感覺。

給做完測驗的你：

如果你的分數很高，不用覺得太過擔心害怕，這個指數有點像是故事裡面主角們擁有的「靈力」，只是還沒有被轉化成正面積極的力量，就像主角晨欣透過找到心中的愛，理解奶奶的心情；也像是海旭關心他喜歡的女生，希望她能找到和父母相處的方法，這些「養心」的過程，都讓他們拋開負面情緒，靈力也轉化、增加了，晨欣和海旭後來甚至因此養出了屬於自己的信物，你也可以透過某一種「轉化」，將這些看似黑暗的情緒指數，變成你生命力的一部分。

在偌大的人生裡，我們都是修煉中的人；過去種種令人傷心的故事，那些讓自己感到怨恨的人們，都可能成為我們養心的養分，找到這一路陪你一起修行的好朋友、或者是尋求老師的幫忙，縱使那些生命裡的煩惱暫時不會消失，你也能夠慢慢學會駕馭那些黑暗的自己，找回心情的掌控力。

少年天下系列 —— 069

養心1：消失的生死玦

作　　者｜陳郁如

責任編輯｜李幼婷
封面設計｜莊謹銘
封面插畫｜柚子
內頁編排｜王薏雯、極翔企業有限公司
行銷企劃｜葉怡伶

天下雜誌群創辦人｜殷允芃
董事長兼執行長｜何琦瑜
媒體暨產品事業群
總經理｜游玉雪
副總經理｜林彥傑
總編輯｜林欣靜
行銷總監｜林育菁
副總監｜李幼婷
版權主任｜何晨瑋、黃微真

出版者｜親子天下股份有限公司
地址｜台北市104建國北路一段96號4樓
電話｜（02）2509-2800　傳真｜（02）2509-2462
網址｜www.parenting.com.tw
讀者服務專線｜（02）2662-0332　週一～週五：09:00~17:30
讀者服務傳真｜（02）2662-6048
客服信箱｜parenting@cw.com.tw

法律顧問｜台英國際商務法律事務所・羅明通律師
製版印刷｜中原造像股份有限公司
總經銷｜大和圖書有限公司　電話：（02）8990-2588

出版日期｜2021年3月第一版第一次印行
　　　　　2024年6月第一版第十四次印行
定　　價｜380元
書　　號｜BKKNF062P
I S B N｜978-957-503-966-0

訂購服務
親子天下 Shopping｜shopping.parenting.com.tw
海外・大量訂購｜parenting@cw.com.tw
書香花園｜台北市建國北路二段6巷11號　電話（02）2506-1635
劃撥帳號｜50331356　親子天下股份有限公司

立即購買＞

國家圖書館出版品預行編目資料

養心. 1, 消失的生死玦/陳郁如文. -- 第一版. --
臺北市：親子天下股份有限公司, 2021.03
312面;14.8X21公分. -- (少年天下系列;69)

ISBN 978-957-503-966-0(平裝)

863.596　　　110003330